Piero Buscemi

Le ombre del mare

ZeroBook
2025

Titolo originario: *Le ombre del mare* / di Piero Buscemi

Questo libro è stato edito da **ZeroBook**: www.zerobook.it.

Prima edizione ZeroBook: 2025

ISBN 978-88-6711-245-6

Controllo qualità **ZeroBook**: se trovi un errore, segnalacelo!

Email: zerobook@girodivite.it

Le ombre del mare

I Parte

1

Era come tutte le volte che teneva tra le mani un libro nuovo. Erano movimenti brevi, seguiti da istanti di assenza mentale, una forma di meditazione. Senza troppa fretta. O forse, era soltanto un'idea di paura, la paura di consumare d'improvviso quelle pagine, senza avere il tempo di potersene impregnare. Una paura da pochi minuti di pausa al giorno. Non più di un quarto d'ora, durante la sosta del pranzo. Non più di una mezz'ora la sera, prima di abbracciarsi alla stanchezza. Ed in quel quarto d'ora di diritto al riposo, usciva per primo dalla serra e si andava a sedere appoggiandosi alle cassette arrossate dal ciliegino. Il profumo di vita appena spezzata, si mescolava ai residui di tipografia adagiati sulla cellulosa. Una goccia di sudore riusciva sempre a stendersi sulla pagina aperta, nonostante i suoi tentativi di ricacciarla su. Piccoli sbuffi verso l'alto, storcendo leggermente la bocca, tra un passaggio e l'altro di prosa napoletana. "Picchì non ti metti all'umbra?" - udì la voce di Rahì, il suo compagno africano di raccolta. Non distolse l'attenzione da quelle righe ammalianti, neanche per un istante, per cercare la veridicità di quel suono. Per non smarrirsi in inutili distrazioni, si consegnò appagato a quel suo privilegio esclusivo, che gli era ancora concesso dopo mezza giornata verderame tra le dita. Un'opportunità, sottratta con mani annerite all'arroganza del padrone e che spesso scacciava una solitudine non richiesta. Non alzò neanche lo sguardo. Nessun cenno di risposta che potesse imprigionarlo nella realtà. Tornò il silenzio e un ossequioso rispetto. Un ricordo confuso e sbiadito dell'amico. Rahì. Suo compagno di soggezione e suo complice di risate. Poche, ma necessarie. Rahì. Suo trascinatore d'illusioni. Troppe, ma inevitabili. Perché bisogna soffrire, se vuoi assorbire la saggezza dei libri. Pensava tra sé, annoiato dalla solita domanda. Ma tu non puoi capire. Voi. Non potete capire. Si concesse un ultimo sorriso di complicità all'evasione, come un raggiro inevitabile. Poi, il dialetto arrugginito del padrone chiuse quel momento di poesia. E furono altri grappoli rossi da rubare. Lentamente. A riempire un'altra giornata di speranze e pelle sempre più lucida. E sogni che respingono le urla di chi possiede la tua vita. E la voglia di tornare a casa. Said ci tornava a casa. Tutte le sere. Quando ormai tutto sapeva di vita essiccata al sole e le sue mani coprivano l'ultimo taglio d'orizzonte. Che non sempre acceca. Le mani, a macchiare gli odori che riempiono il buio della sera. E nausea che appiccica i ricordi. E ci tornava tra silenzio e pece per affondare. Strada. Nero da mescolare a gocce di stanca nostalgia. Su verso Casa Morghella, sciogliendosi con l'orizzonte che tramonta. E tornava a essere padrone, in quelle pietre di tufo nascoste dal vento. In un ammasso di passaggi rosicchiati, senza ritorno. Anche quella sera. Tornò a farsi trascinare da un'altra illusione, anche senza la presenza di Rahì. Tornò a credere di 2 essere tiranno di se stesso, a riprendersi la dignità deposta nelle cassette di plastica, accatastate nella monotonia dei giorni. I fichi, inaciditi dall'attesa, si lasciarono cadere. Li calpestò a piedi scalzi e si adagiò, tra un guaito di randagio e lontani zoccoli di mulo. Riprese il suo segreto nascosto dentro i pantaloni. Un'altra ruvida carezza di rispetto. Poi, solo la notte. La notte. Quando i pensieri vagano truccandosi da meraviglie. E voglia di una vita normale, che assale un quotidiano di rassegnazione. Forse, una vita soltanto più umana. La stessa, percorsa tra le righe di prosa partenopea. Sorseggiata. Senza fretta. Molte volte ripercorsa, tra un accesso e l'altro ai ricordi antichi. Coloriti e persi, come le stradine immaginate. Troppo spesso, solo immaginate. Napoli e i suoi legami stretti di contraddizione. Troppo stretti. Così le pareti che lo avvolgevano nel silenzio di tutte le notti. Troppo assordanti per riuscire a dormire. Troppo brevi, per pretendere una quiete. Napoli. Così adulante nelle parole di De Luca, da bramare di poterle rubare. E scrivere infamandosi di utopia. E fogli bianchi da chiamare vita. Vita. Ancora una volta, la vita. La sua, da tempo non più solo sua. Per un attimo, liberare il profugo sognante e condurlo per vicoli senza ritorni nostalgici. Tra storie, leggende e credenze popolari, provare a narrarsi l'impossibile. Desiderare un'esistenza di contatti umani senza compromessi. Ma, con i compromessi, Said aveva dipinto quelle pareti. Senza quella libertà di giudizio che rivendicava tra quelle pagine, sottratte alla confessione dell'autore. Una libertà sprigionata tra le parole, che non sempre riusciva a interpretare. Il rammarico di una sconfitta che lo svegliava tutte le mattine. Cosa pretendere, se niente ti è riconosciuto? Cosa, se cerchi la tua immagine su specchi smorzati dall'eco di chi, ogni giorno, decide cosa sarà il tuo giorno? Cosa, se le tue risposte giacciono impotenti sul dorso di una mano, che non si separa da un passato già segnato e l'assenza di un futuro? Vincerò. Un giorno, forse vincerò. La paura di tracciare nuovi solchi. La contraddizione di un'inerzia che si ripropone, tra le mura macchiate di mutismo, che raffreddano un'identità di vendetta. O soltanto un'altra pagina di rabbia da assecondare. Vin-ce-rò. Said si sillabò a mente, chiudendo il libro. Proprio mentre un incubo dolciastro soffocava di rosso ciliegino gli ultimi istanti. Prima di dormire. Durante il suo viaggio, spesso sentiva il passo di Rahi che rincasava. E il suo ghigno africano. Ereditato sui moli di Gabès a specchiarsi su un domani che non arrivava mai, e su un'altra orda di turisti in cerca di emozioni allucinate. E lo sentiva, tra un cenno ancora in corsa, per i vicoli desiderati e un altro a cozzare la realtà, sempre più scacciata dalla sua mente. E lo sentiva nella penombra della candela, ancora accesa, a masticare riposo meritato e il riso ironico di rassegnazione. Di ogni sera. Anche di quella sera. E allora...allora, era altra polvere di voci scugnizze per i vicoli. Troppo dure, per chiamarle bambine. Nomi allungati sulle bianche bandiere, tra i palazzi del tutto sai e del tutto devi tacere. Said era tornato a casa, anche quella sera. Si adagiò sconfitto, cercando un meritato riposo. E si addormentò, senza aspettare l'amico. E allora... allora sì, che la rivide. Rivide la donna stesa tra le due auto. Senza nome. Senza targa. In quella sera di sogni abbandonati. Una chioma bionda tra la ruggine e quelle urla soffocate in gola. Quelle, strette dentro i grossi seni delle madri. Con l'umanità in dissolvenza, nascosta nei sottoscala. Sì, la rivide. In un'altra notte senza controllo. Una lotta tra sogno, contaminato dalla fantasia dei libri, e la violenza di un incubo. Aspettato, tanto, da soffocare la realtà. Rivide la donna truccata da amante assorta. La rivide, assopita da due giorni, a desiderare un dio distratto che la riportasse a casa.

A casa. Da una figlia, stretta tra le mani, che macchiavano un ricordo prigioniero sullo sfondo del telefonino. Stanca d'aspettare. E un altro figlio della distrazione, annoiato dal pallone, abbandonò l'ultimo coro a Maradona per strapparlo, quel ricordo. E si stupì, l'ultimo erede dell'arte che si arrangia, che fosse ancora tra quelle dita. E fece appena in tempo, prima che una voce vigliacca chiamasse la polizia, per quel disagio. Steso accanto al passo carrabile. Disegnato sul muro. Ed arrivò la polizia. Percorrendo un serpente di case sgretolate e sudore e lacrime e curiosità, nascosta in nuove parole da raccontare. La sera, un'altra sera davanti alla tv assordante e la presunzione di chi, 3 per un dovere di risposta alla coscienza, solo in quell'immagine sbiadita, ammise di averla sempre conosciuta. Said restò immobile a guardare quel corpo accartocciato. E lo sentì vicino al suo destino di esule testimone fantasma di una vita, che ha l'impudenza di sfiorarti. E segnare per sempre, il tuo silenzio. Poi, gli agenti salirono all'alcova nascosta, dove la donna appagava orgogli virili, e per sé, una speranza sporcata dal pudore. La portarono via tra le lenzuola bianche e il falso sgomento della gente. E mentre, quell'innocenza candida le passò accanto, Said le accarezzò i capelli. Un cespo d'indifferenza da soffocare tra le mani. Si risvegliò con le narici invase dal fritto delle pall'e riso. La sagoma di zì Lucì ca' tiella cchiena sullo sfondo scuro di un abbandono, e due grosse mani a veleggiare una fumante pizza e' mmaccherruni. Il candore nascosto nella mozzarella, a celare un nuovo inganno. E una frase si adagiò sui suoi ricordi: "So' criature e nun capiscono". La fiammella della candela spenta dallo spiffero della porta. O forse, solo dall'affanno di Rahì che gli augurava un'altra "buona notte". Almeno così, gli era sembrato. Ma non si alzò per andare a controllare. Socchiuse gli occhi, aiutato dalla notte. E come se fosse possibile dominare il sogno, provò a rientrare in quella storia accantonata, senza successo. La musica di un gregge mattiniero, che lo svegliava tutti i giorni, gli rammentò chi fosse e la canicola della serra che lo aspettava. Tastò il libro, da sotto il giaciglio raffreddato e andò tentoni, cercando la sagoma di Rahì. Provò una stanza. Un'altra. Dopo l'ennesimo silenzio, si consolò con la versione di una sortita anticipata che lo avesse preceduto. Ripose il libro dentro i pantaloni e poi si avviò.

2

La rivide quell'immagine di donna sconosciuta e già rimpianta. Era in trentatreesima pagina del quotidiano, appoggiato sul banco dei gelati. Dieci righe di cronaca nera, tra l'inaugurazione della Fiera agroeconomica e la pubblicità di un nuovo fuoristrada. La riconobbe, nel giudizio censore del giornalista, indugiando tra la sua voglia di riscatto e un affrettato attributo da prostituta. Pressò la sua rabbia sullo sguardo di rimprovero del barista e sul bancofrigo che gli sfuggiva sotto. Non udì neanche il sollecito alla tazzina fumante, che tentava una distrazione. E proseguì a leggere le dieci righe, inno all'indolenza. Le rilesse. Una volta. Due. E alitò su quella vita spenta, che avrebbe voluto nutrire. Solo il clacson giallo dello scuolabus riciclato del comune, dove affondava la nera nostalgia con gli altri pittori cosmopoliti, lo scostò dal rancore di uomo privato del commento.

Andò a sedersi nell'ultima fila, accanto al finestrino. Una mano stringeva un ultimo ricordo di un ciuffo di capelli che non avrebbe visto più. L'altra, chiusa forziere di una pigrizia da tramandare ai posteri, custodiva quello straccio di giornale, dove affogare una carezza di rimorso. "Poeta...oohuu poeta! M'a scrivi 'na poesia cca ma ffari zitu?" - l'ironia assonnata del mattino invase il distacco di quegli strani compagni di viaggio. Said la assorbiva tutte le mattine come una medicina. Le prime volte, si era pure voltato a cercarne la fonte. Poi, alle provocazioni successive, aveva appoggiato la fronte nera sul finestrino, cercando un buio di rifugio. Erano leggende di falsi padroni da assecondare nel delirio gerarchico di chi, schiavo a suo volta, manifestava un traguardo di comando soffocato. Said scivolava i pensieri sulla lastra raffreddata dalla notte. E muri a secco riflessi sul selciato. Potremmo condividere una rivoluzione, che ci faccia riavvicinare più di un telo di plastica trasparente sulla testa. Più di un pomodorino masticato in fretta nella clandestinità, che ti rende complice. Più di un affondare le mani dentro una terra divenuta ostile, mentre invettive boriose sporcano un accenno di solidarietà. Said provava a ricostruire nella sua mente un'improbabile filosofia di vita, che indicasse una strada da seguire. Per sé e per i suoi estranei compagni di serra. Poter, veramente, rappresentare una guida che distogliesse la rassegnazione. Senza ruoli da rivendicare. Ma in una Sicilia dal troppo passato da dimenticare e un futuro ancora da immaginare, Said cercava conforto negli incubi notturni. Scavava i destini di personaggi sconosciuti, illudendosi di poterli confrontare con il suo. Personaggi, forse solo inventati. O rubati dalla cronaca, davanti ad un caffè freddato dall'attesa, dove dissolvere la delusione del risveglio. La percorrerò, quella strada che vogliono nascondermi, per timore di essere costretti ad ammetterne l'esistenza. Provò a ricambiare un altro sorriso d'incoraggiamento alla sua immagine, ormai sbiadita dal sorgere del sole. E mentre accennò a cancellarla per custodirla meglio, il caporale, degradato ad autista del mattino, soffiò alterigia dentro la bussola del pulmino e comandò: "Scinniti, picciotti!" Il suo sogno notturno lo avrebbe distratto ancora, durante la giornata. Una speranza, più che un timore da scacciare.

Magari, tra un grappolo rosso e un sorso d'acqua. Tiepida, come quei rapporti umani da condividere e coltivare, senza che alcun succo polposo gli venisse restituito. Ogni tanto si fermava a guardarli quei graspi lucidi, con occhi diversi, quasi estasiato da quella perfezione geometrica che si ostinava di scoprire nell'animo umano. Li contemplava con la tensione di un rimprovero del padrone, che non tardava ad arrivare. Anche quel mattino si sentì costretto a fondere la spavalderia dei compagni al suo eccessivo, forse esagerato, senso di privazione. Perché quella notizia, l'avevano vista tutti. E questa, era l'unica certezza che lo inquietava. "Perché devi avere pure culo, quando decidi dove nascere" - glielo ribadiva ogni giorno Rahì, quasi a credere che si potesse ancora scegliere. Con quel tono da uomo vissuto, che cominciava da un po' di tempo, a dargli fastidio. Ma, dov'era Rahì? Non l'aveva visto sul pulmino, ma era sicuro che lo aspettasse dentro la serra, con quel canzonatorio 5 ghigno a farlo sentire in colpa, per un ritardo che avrebbe voluto rimproverargli. Molte volte lo aveva immaginato, cento chili di muscoli che ridono, con una bizzarra delicatezza e rispetto, mentre adagiava il raccolto nelle cassette. Una mano da strusciarsi addosso e una fantasia da regalare, che giustificasse l'attesa. Lo aveva rivisto con la cesoia, arma impropria nelle mani di un carnefice avventato, a restituire dignità. Lui, forse, sarebbe stato in grado di interpretargli quel sogno, sciolto nella realtà. Said cominciava a temerlo quel delirio, che non riusciva a controllare. Gli tornava in mente e ogni volta, più difficile allontanarlo dai solchi della sua serra. Vero incubo della sua esistenza. Ma con Rahì, avrebbe potuto condividerlo. Come un destino che accomuna e uccide la fantasia. La sua incostanza, aggrappata alla sicumera dell'amico, sprecata in un luogo poco adatto, pronta ad essere soltanto masticata. Oppure avrebbe potuto raccontarlo, tra le pagine di un libro. Spunto di comunicazione e pretesto di un'omertà distaccata. Snobbare un destinatario assorto, come si sentiva di essere tra le tante righe inappellabili. Accettare con rispetto la verità dell'autore o respingerla in uno sbam di chiusura anticipata. E stavolta, a ruoli invertiti. Ma Said era ancora nella fase dell'accantonamento nozionistico. Un magazzino imbarazzato di parole che, molte volte, faticava a interpretare. La rabbia di una mezza verità, estorta al suo italiano improvvisato, sopraffatta dalla passione della lettura, che rinvigoriva la sua brama culturale. Said le custodiva, quelle parole. Aspettava il giorno del rigetto, quando l'otre dell'ignoranza sarebbe stata pronta a liberare i suoi mutismi e gli incubi notturni. Non ebbe il tempo di riordinare i suoi propositi, che una sirena spenta lo convocò nell'ufficio del padrone. Due poliziotti lo attendevano sospetti. Stanchi da una monotonia di circostanza e da domande preconfezionate, troppo annoiate per accertarsi di essere state comprese. Said si sforzò a osservarli dentro la loro uniforme sudata. Ma più di tutto, fissò la macchina da scrivere. Seguì il sincopato delle due dita che saltellavano sui tasti, poi esaminò le sue mani ingrossate dalla sottomissione e provò a calcolare il tempo che gli sarebbe stato necessario, per scrivere una pagina. "Chistu nun parra. Nun'avi parratu mai. Travagghia e si fa i cazzi so'." Il padrone tentò di anticipare le risposte, ma il poliziotto restò a guardarlo con l'aria di chi gli avrebbe intimato volentieri "comincia tu, a farti i cazzi tuoi". Un lusso soffocato nell'intenzione e trattenuto dalla divisa blu. "Anzi, ogni tanto s'assetta fora e legge". Il padrone seguitò, ma accorgendosi dello sguardo di rimprovero, sempre più severo dell'agente, si scostò in un angolo e finse di controllare il contenuto di una cassetta di plastica. Said restò con la testa piegata sul pavimento, a evitare inutili ed imbarazzanti richieste di spiegazione. Pensò al suo segreto, ormai non più così segreto, nascosto dentro i pantaloni. Se lo strinse con le braccia, illudendosi di poterlo proteggere dalle invadenze, ma stavolta le parole del padrone erano riuscite ad accendere la curiosità del poliziotto. Se ce ne fosse stato bisogno. "E che cosa legge?"

3

Ripensò alla domanda del poliziotto, che non ebbe risposta. E ripensò alle sue domande, che non sapeva più fare. Durante un altro quarto d'ora di evasione letteraria. La testa appoggiata sul bordo di una cassetta. E sui suoi ricordi. Un'altra pagina di De Luca a sconvolgergli la sottomissione. Che cosa leggo? Che cosa, se non riesco a distinguere un incubo da un'illusione? Il libro non gli rispose, perché Said, in fondo, non chiedeva risposte. Non aveva mai preteso niente. Niente, almeno fino a quel momento. Niente, che avrebbe potuto trascinarlo via. Da quei solchi, da quelle voci graffianti, da quelle parole che, da tempo, ammassava nell'oblio. Che cosa leggeva Said? Se non capitoli di una vita, dove provava a riconoscersi. O forse solo pagine stracciate e accartocciate e ricercate e rilette. Ogni volta, con uno strato più spesso di nostalgia. Li aveva visti i suoi personaggi inventati, sfuggirgli nelle storie dimenticate. Li aveva rincorsi, a piedi nudi, sforzandosi di rimanere bambino. Bambino, nei giudizi. Bambino, nei giochi disarmati degli adulti. Bambino, nelle note saltellanti di un inno, che nessuno cantava più. Nessuno, a parte Nicola. Nicola, che appariva all'improvviso nelle sue annoiate monocolore. Senza preavviso, tagliava un fumo in dissolvenza, che apriva nuovi spiragli d'ispirazione, dopo un'altra giornata lavorata in un supermercato della zona. Sigaretta tra le labbra. Un diverso ghigno, più enigmatico, icona d'amicizia da condividere. E da consumarsi nel mezzo di un'espressione di pensa-a-salute. Una mimetica di sguardi, che niente vogliono dire. Compiacente per Said che, in quegli sguardi, aveva raccolto i motivi di un'integrazione multietnica, negata dalla storia. S'incontravano, quasi sempre solo la domenica, a Punta delle Formiche. A rispettare un appuntamento, fissato in un'intesa di silenzio, seguivano un primordiale istinto di voglia di mare. Nelle mattinate invernali, a sudare salsedine sotto un sole, mai del tutto in letargo. Si ritrovavano, aggrappati agli scogli, a sfidare la scaduta dell'ultima mareggiata di stagione. Ci veniva anche Rahì, a farsi sputare dal mare, ancora incazzato. Saltellavano, tra un falso equilibrio e una nascosta voglia di caderci dentro quelle onde. "Aspetterò che lo scoglio infuocato mi spacchi la pelle, accaldata dall'arrivo di una nuova estate. Poi, mi lascerò cadere in un umido ritorno al passato. Adagerò il mio corpo, fino in fondo, a toccare con la punta delle dita la morbidezza della posidonia invitante. E se nell'aprire gli occhi, volgendo lo sguardo in alto, verso l'umanità che ha venduto frammenti di cielo in cambio di gocce di ambizione, mi sentissi un altro insensibile controllato, potrei anche decidere di non risalire più". Nicola improvvisava il suo monologo da filosofo vissuto, puntuale a ogni appuntamento. E ripeteva la sua sentenza di condanna al mondo, con l'enfasi di chi sa di essere ascoltato. Ogni nuovo annuncio nascondeva una diversa sequenza di pause, per modellare le parole. Poi, come spinto da un necessario rito propiziatorio, si dirigeva sicuro verso il Ponte delle incertezze umane. Avanzava prudentemente di qualche passo e recitava il suo futuristico testamento onirico: "Lo percorrerò tutto, prima che crolli". I due amici restavano ad ammirarlo, durante la sua modulata interpretazione, puntuale e replicata. Come se gli fosse dovuto. Una gratitudine da garantire all'infinito. Fissavano la loro attenzione su quella costruzione di argilla, che lo scapriccio della natura aveva voluto disegnare in quel lembo di sud del mondo. Un arco sgretolato dal vento, che collegava due funghi di scoglio, in un ultimo tentativo di trattenimento dubbioso. Faceva mostra di sé, da diversi secoli. Determinato a non farsi abbattere dagli attacchi di modernità umana, soffiati dal mare. Mai, tu lo farai. Gli urlò un giorno Rahì, rivolgendosi a Nicola quasi come ammonimento in quel suo strano italiano, necessario poetico in quella circostanza. Per paura. Perché in estate, mai ci verrai. O perché non te ne daranno il tempo. Rahì amava riassorbire quella sorta di rimprovero, mai troppo duro. Un po' sarcastico, un po' recitativo, saliva su quel piedistallo di sogno, eretto dalla fantasia dell'amico, facendolo un po' suo. 7 Mai, tu lo farai. Perché le parole ingannano il destino, ma il destino gioca con i tuoi sogni, lasciandoti la falsa libertà dell'ultima mossa. Mai, tu lo farai. Per non perdere del tutto una speranza, che gli altri chiamano follia. Mai, tu lo farai. Per non rinunciare ancora a una nuova possibilità d'evasione e di incidere un destino, neanche così agognato, sulla friabilità di una roccia, esposta a un altro vento di cruda rassegnazione. Mai, tu lo farai. Riponeva, quasi di nascosto, gli appunti rubati dai libri di Said e con un altro ghigno liberatorio, mimava la chiusura del sipario.

4

.

Si finisce per restare soli. Più di quanto si pensi. A volte, sono le circostanze. A volte, è un subire passivo, non richiesto. A volte, è proprio una necessità. Qualcosa di diverso, cercato nel buio delle parole, disturbati dal rumore della natura che ci sta attorno. Qualcosa che si possa custodire gelosamente, da non dividere, come un ultimo frammento della fantasia, nascosto nell'angolo della mente, escluso al resto del mondo. Qualcosa di più profondo, di un pensiero mai esternato. O appuntato, su un tavolo da sala d'attesa. Inciso con velata trasgressione della proprietà privata. Più lontano della propria immaginazione. Più lontano di quella degli altri. Ancora un più remoto bisogno di egoismo autoconservativo, dove celare insicurezze e qualche stranezza, troppe volte repressa. Said la ricercava quella solitudine, dentro quel bar di periferia, frequentato solo da stranieri. Anche l'insegna, ormai sbiadita dal sole, lo pretendeva. Inchiodata a tre metri dal terreno. Impolverata da un vocio soffocato, custodito in una strada che offriva alienazione. Mostrava la scritta "Extra", in un colore rosso appassito, che Said aveva sempre sospettato fosse stata scarabocchiata da altri polpastrelli, macchiati di ciliegino. Una mano rimasta anonima nel tempo. Said ci andava la domenica pomeriggio, come tutti gli extra. I motivi erano diversi. Un momento di riposo da dedicare all'eccezione. Piccoli strappi alle regole fuori luogo, tra un sorso di vino annacquato e una strana voglia di occidentalizzarsi. Said non lo beveva il vino. Ancora una volta i libri, la sua illegalità. Ci andò anche quella domenica, tre giorni dopo di distacco al suo incubo notturno. Si accomodò sotto l'ombra di un ombrellone da spiaggia, incolore, incollato appena fuori dal bar. Si godette quella mezz'ora di orgasmo letterario, aspettando l'arrivo di Nicola per riprendere quel contatto di amicizia, sospeso nella mattinata. In inverno, sfruttava la lampadina morente, ondeggiata dal vento. Il lampione cigolante assecondava con pacatezza il ritmo della lettura. A Casa Morghella, invece, la corrente elettrica non c'era. Forse non c'era mai stata dentro quel casolare abbandonato. Tra quel profumo di antico depositato sullo sdrucito pavimento e un nostalgico turista di passaggio, che alternava un disprezzo di estraneità a un improvviso senso di rinuncia, lasciandosi dietro una ripromessa di recupero. Qualcuno, più macchiato di bramosia moderna aveva visto anche la possibilità di farne un altro agriturismo da ultima speculazione, ma erano rimaste solo parole e progetti decantati sui litoranei adiacenti. Said lo aveva occupato una notte di diluvio personale. Una notte di fuga senza alternative, aveva abbandonato il suo riparo di cartone. Da qualche tempo, gli continuavano a dire "non puoi restare qua", ma Said aveva sempre glissato gli ammonimenti, racchiudendoli in un altro mutismo annoiato. Poi, quella notte di acqua che giudica e non fa vedere niente, cominciò a correre senza una meta, tra fanali di auto scantate e lampi intermittenti a illuminargli una via di scampo. Quando attraversò l'atrio imponente di Casa Morghella, si sentì interprete di un passato volutamente cancellato. Non ispezionò oltre quel maniero abbandonato, si adagiò sulla polvere dell'ingresso e pensò che quello fosse il posto più asciutto cui potesse ambire. Almeno per quella notte. Neanche il ritmo sincopato di un'insistente goccia d'acqua, che filtrava dal soffitto, gli impedì di addormentarsi. La mattina seguente, aveva scoperto il suo ruolo d'invasore nei confronti di chi, molto prima di lui, aveva accasato quel rifugio. L'ombra di Rahì gli oscurò, anche quella volta, l'invadenza del primo sole mattutino. Nei giorni successivi, fu presentato al padrone della serra e senza commentare la proposta, Said firmò senza troppi dilemmi il suo esilio. A tempo indeterminato. Tutte le domeniche, Said aspettava paziente l'arrivo di Nicola. Tutte le domeniche, come per le persone normali. Come per tutti quegli uomini che osservava invadere le piazze, senza troppo entusiasmo. Non più di quello espresso negli altri giorni della settimana. Solo forse un po' più recitato, a solennizzare un giorno speciale offerto alla convenzione. Li sbirciava a ogni cambio di pagina, vestiti da carne infornata, l'ironico modo utilizzato da Nicola per ridicolizzarli nella tradizione del pranzo della festa. Li sbirciava nelle loro movenze imparate a memoria, le stesse scandite nei decenni di un troppo maturo scorrere del tempo. L'intellettuale, con il giornale locale tra le mani, attraversava la piazza in cerca di cenni di appartenenza. Poi si sedeva sulla panchina della saggia e antica cultura di paese, sfogliava le pagine atteggiandosi a commentatore silenzioso delle vicende umane che cedevano il posto velocemente, alla pagina sportiva. La coppia di donne devote che, in mistico oblio, usciva dalla chiesa, scambiandosi reciproci apprezzamenti, complici in più terreni sguardi d'intesa, sulle pellicce opprimenti, molto di più del sole, mai del tutto invernale. I disoccupati precari, a sfogliare proposte di lavoro dalla pagina degli annunci, umilianti e mai all'altezza delle loro potenzialità. Ma con bene impressi nella memoria, i numeri dei cellulari tentatori a invocare nella pagina degli "incontri personali", avventure consolatrici. I nobili, eletti con passiva approvazione dei concittadini, a ritoccare uno sfondo da troppo tempo uniforme. Con il cane al guinzaglio a sporcare una piazza, già unta di parole inutili. E al seguito, le giovani donne a sfoggiare eleganze anacronistiche, in sfilata nei loro concorsi privati, pigolando richiami insistenti verso un'ipocrita disattenzione. Giorno speciale anche per Said. Importante crederlo, vitale assaporarlo. Nicola arrivò. In ritardo, come sempre. Con l'aria dell'uomo impegnato e ricercato. Un altro sorriso nascosto dalla sigaretta e la solita battuta a riprendere il discorso: "Stai sempre a fare niente, tu e la tua passione da putruni cronico". Said non distolse l'attenzione dalla pagina, neanche quando l'amico, nel sedersi accanto, pronunciò il nome di Rahì, chiedendo sue notizie. Una domanda ripetuta, rimasta senza risposta, anche la mattina nel loro abituale incontro al Ponte delle incertezze umane. Una domanda ripetuta, a dissipare un'eccessiva riservatezza. Un pensiero di quasi insolenza fissò la curiosità di Nicola, mentre il fruscio del vento penetrava tra le pagine del libro, come a voler anticipare il corso degli eventi. Said si limitò a porgli lo stropiccio di giornale, senza aspettare alcun commento. A voce alta, Nicola lesse: "Napoli. Un'altra prostituta dell'est trovata morta per strada in avanzato stato di indifferenza". Poi sfiorò il libro, che penzolava già dalle mani di Said e chiese: "La conoscevi?"

5

Come si conosce il vuoto di un contatto umano, che ti sfiora l'esistenza. Senza nulla a pretendere. Come ci s'illude di conoscere se stesso, la mattina, appoggiato a quel banco che ti sfugge, scavando con il cucchiaino la tazza del caffè. Come ti sfugge la verità, che vorresti non conoscere mai del tutto. Come una voce familiare, che scivola da uno spiffero di falsa intimità e alla quale, non si riesce più a dare un volto. Come lo scarto della propria distrazione, cercando un valido motivo per non farsi mai coinvolgere. Come un particolare, che dà garanzie di distinzione, mentre cerchiamo un nuovo anfratto che ci possa custodire. Come delle dita svelte a liberarsi tra i pensieri. Nostri. Da credere di poterli condividere. Come un foglio di carta a invitarci ad una confessione, senza attenuanti, a giustificare un'altra assenza. Come quell'immagine, adesso più sbiadita del sogno di Said, glissato nel suo rifiuto della realtà. Come quella domanda cadenzata di Nicola, che ritmava una pausa di coscienza comune. Solidale nel distacco voluto e complice di due vite, legate in un opportunismo di chi, se vuole, può continuare a non vedere. Come quel disagio che trasaliva dalle pagine, ormai ruvide, di quel libro sospeso a mezz'aria, tra la voglia di identificarsi di Said. Come la sua voglia, folle e solitaria, di appartenenza. Come lo sguardo di Nicola, eccessivo richiamo interrogativo, che pretendeva un altro, prevedibile silenzio. Lo condusse a casa. Nicola, travestito da improvvisata guida spirituale, che il ricordo di Rahì riusciva ancora a far veleggiare tra loro, e si avviarono al suo rifugio dei "civili viventi". Said seguì quell'idea di amicizia multietnica. Cosciente che non sarebbe stata l'ultima. E si ritrovarono, ancora una volta, a inscenare una parte sconosciuta dentro quella stanza spennellata di disagio e solitudine, dove Nicola, secondo il suo stato d'animo, mai del tutto incontrollato, sceglieva di mostrarsi al suo pubblico. Quando decideva di farlo, era una manifestazione improvvisa di uscita dal distacco. Era un tentativo di significato a quelle mura, amiche ma atone. Era un avvolgersi di se stesso, da offrire in pasto a troppi spettatori disattenti che lambivano la sua vita, senza il coraggio di violarla. Era liberare la sua indole creativa. Sotterrata e assordata dalla lucidapavimenti che azionava sommessamente, sbuffando un'alitata di sigaretta in sottofondo, a fine turno supermercato. E finire per chiudere una serata di mondi sconosciuti racchiusi nella plastica. E provare ad aprire una notte di vani tentativi per farli conoscere, questi mondi di annoiati e incuranti protagonisti sottovuoto. Quando decideva di farlo, era per voglia di comunicazione, sniffata nel protagonismo richiesto dalla circostanza. Era per ritrovare se stesso, dopo infinite smarrite parole, raccolte dentro i palmi a cucchiaio che spingevano l'acqua dentro quel mare di rifugi, dove tapparsi le orecchie e gli occhi. E perdersi con lo sguardo a mezz'onda, tutte le mattine di un'estate mai finita e mai ricominciata, prima di rinchiudersi per un altro giorno nel suo distributore di appagante consumismo. Quando decideva di farlo, bastava che osservasse la sua mano sgorgare anatomia su quella tela, che stava lì accogliente a non aspettarsi altro.

Un buon motivo per rubare allo specchio un frammento della propria vita, troppe volte disprezzata. Tre opere lo identificavano. Tre idee di donna, neanche ispiratrice, ma sue e intoccabili. Da contemplare mentre assumevano sembianze u- mane, scivolando dalle setole del pennello. Nude. Tutte e tre. La prima accovacciata a guscio, a difendere una bellezza profanata. La seconda ad ancheggiare un richiamo seminale, di spalle, ritta e fin troppo sicura di se, con lo sguardo leggermente voltato all'indietro, a mostrare l'intenzione di non attendere. La terza stava seduta con la schiena appoggiata al tronco di un ulivo. Le cosce tornite e abbronzate, volutamente allargate ad offrire un assaggio di vitalità. E il frutto in bella vista, nascosto ma non del tutto, da una folta peluria di mistero. E' la natura. Non la natura malefica che non riesce più a provare pietà. Perché la natura è puttana. Solo puttana. E non altro modo per provare umanizzarla. Nicola lo ripeteva, ad alta voce, mentre Said ripensava al suo sogno. Tre opere. Le altre accatastate nel bagno, a incuriosire i suoi ospiti occasionali. Tre opere. L'omnia esternazione dell'essere che pensa. E prova a vivere. Said aspettava un invito, distraendosi su una vecchia canzone di De Andrè attaccata alla parete di fronte. L'aveva fatta sua, quella poesia che raccontava un'altra storia di abbandono. La rilesse più volte, quasi a poter deviare le parole di una verità scomoda che gli occhi taciturni di Nicola da qualche minuto gli trasmettevano. Forse ci sarà un'altra occasione. Un'altra occasione che si sarebbe mescolata con le vene blu del testo. Un'altra occasione che nessuno avrebbe potuto garantirgli. A Said piaceva l'idea di illudersi di poterla avere. Quasi come una promessa mai ascoltata. Quasi come un privilegio concesso a lui, ultimo uomo del mondo. Quasi come una ricompensa al suo mutismo. Nicola non parlò. Né Said lo pretese. Erano immagini di amicizia telepatica, dove ritrovarsi ad accettare una proposta di compromesso. Said non si sarebbe sottratto a quella, forse ultima possibilità di riscatto. Un obbligo di riconoscenza gli imponeva una scelta, che non sentiva sua, ma il peso della decisione lo consegnò all'amico. E Said lesse lo sguardo dell'amico, fissato sulla tela mentre creava il loro futuro. Una palma piegata da una strana stanchezza di vivere, si formò in dissolvenza dalle dita di Nicola. Il

fumo della sigaretta riusciva ancora a celare una voluta insicurezza. Poi, l'immagine di un mare troppo
rilassato, contornò la palma ceduta alla voglia di rinascita. Sarebbero partiti, non importa quando, né il
come, né il dove. Né il perché. Said a fuggire in un
altro incubo notturno, diverso da quel suggerimento
partenopeo che le pagine di De Luca, da qualche
istante, erano tornate a tormentarlo. Nicola, a tuf-
farsi in onde sconosciute, spazzate da una nuova va-
nità, dove trovare il modo per imbrattarsi l'anima,
oltre i polpastrelli. Sarebbero partiti. Perché non si
hanno certezze. Dentro egoismi rassicuranti che respingono voci consolatrici. A rimirarsi palmi incalli-
ti di vita vissuta. Sarebbero partiti. Perché non si
può attendere realmente un'occasione di ricatto.
Non per sempre. Sarebbero partiti. Perché stanchi
di confondersi con gli orizzonti appiattiti, a spergiu-
rare una monotonia. Il pretesto, l'amico scomparso.
Dentro, una voglia di fondersi in un dovere comune
di riconoscenza e ricongiungersi in un destino di al-
truista sopravvivenza, dove saper cogliere attimi di
smarrimento e custodirli, facendoli propri. E tra-
sformarli in frammenti di storie, che feriscono, lace-

rano, straziano e accomunano ad un'umanità di occhi chiusi nelle verità celate da un'esagerata invadenza. Non bastavano più quelle fughe, tra l'abbaglio di una fantasia rubata alle parole scritte e un segreto da custodire. Said contò le pagine prima della fine del libro. Con quel numero custodito nell'indice, stretto tra le trame, si alzò tralasciando un altro commento superfluo. Nell'aprire la porta, gettò lo sguardo alla tela incompiuta da Nicola. Alla palma piegata dal vento e al mare, adesso in cerca di pace. Un altro libro aperto si faceva strapazzare dal vento mentre le lettere agili e frugali si staccavano dalle pagine. Un albatro ad ali spiegate le ricomponeva. Gli sembrò di sentire il fruscio di quelle parole a ogni battito di ali. Si voltò ancora una volta per scacciare l'illusione. Prima di chiudere la porta.

6

Ma chi può dire, dove ricominciare a vivere, come se si possedesse una certezza di un passato sprecato a sopravvivere? Ancora pensieri in parallelo, che si può volere non unire mai. Pensare di conoscere in profondo il proprio modo di essere. E sfiorare quello degli altri. Ma qualcosa poi raccoglie all'indefinito stordimento d'incombenze quotidiane, che riescono in parte a sostenere falsi alibi. Poi un giorno la vita si scioglie in destino e si è tutt'uno con estranei, che sembravano non appartenerci. Incrociati in stanze buie, dove trovare rifugio. Ma erano lì da anni, come se fosse possibile non accorgersene. Come se ci aspettassero da sempre. Inevitabile il contatto. Più saggio fare la prima mossa, quasi a pretendere un vantaggio. Il tempo, con la sua flemma, ci riconsegnerà il nostro ruolo di comparsa. Ma chi, veramente, può dire, dove ricominciare a vivere, se forse non si è vissuto mai? Strade che si aprono a voragine e una folle voglia di non deviare il cammino. Said si fermò a tre passi dalla casa di Nicola, riflettendo su tutto questo. Ma la sua voragine, lui l'aveva scelta da qualche tempo. Si ricordò di un muretto di tufo a Gabès, dove andava a sacrificare un sogno al futuro. Era friabile e insicuro come quelli intorno a Casa Morghella sui quali appoggiava la schiena, ogni tanto, in cerca di ombra. Si ritrovò a percorrere un sentiero di dubbi e speranze, sfatati da una serra di plastica a racchiudere i frutti rossi della delusione. Forse, dopo tanti indugi, partire una volta voleva dire farlo per sempre. E Said l'aveva fatto senza troppi sforzi per sradicare le radici. Rinnegare una terra, un volto, un'utopia. Per credere di non rinnegare mai se stesso. Un particolare non era riuscito mai ad accettare: che il proprio destino dipendesse dalla volontà mutevole di un gerarca, affogato dal potere. Una minchia cunfunnuta, come l'avrebbe definito Nicola. Sarà stata questa promessa di ribellione, fatta a se stesso, che lo convinse a non potersi sottrarre dalla proposta dell'amico. Una diversa percezione del vivere lo attendeva, dove evitare di calpestare passi remoti. Cercando chi, a modo suo, aveva già lasciato una nuova libertà di giudizio. Come un richiamo da troppo tempo anelato. L'alternativa, rinchiudersi ancora un giorno dentro la sua gabbia di plastica. Insetti copulatori a inseminare piante di oro rosso, mentre Nicola sarebbe stato già per strada a macchiare il selciato con la sua rivoluzione. Said si diresse verso Casa Morghella, quasi a illudersi di poter riascoltare il ghigno di Rahì, tornato dal silenzio. Uno strano smarrimento gli rallentò il cammino. Quella voglia vigliacca di ancorarsi all'uggia di altri giorni, scelti a soffocare nuovi impeti bizzarri da sedare. E un desiderio muto di librare l'istinto verso l'ignoto che baratta dignità. Era già notte. Più di quella che si sentiva dentro. Accorciò i passi per svuotare la mente da ambigue tentazioni. La sagoma barocca si ricompose all'orizzonte e la sentì sua, per la prima volta. Come non l'aveva vissuta mai. Quasi un nuovo abbandono di casa. Imminente e inevitabile. Dove le scelte scelgono te, ingannandoti del contrario. Cittadino di un mondo, che altri avevano già rinnegato, Said si preparò per la notte. Rimase al buio, rinunciando alla sua mezz'ora di distacco dal reale. Staccò il dito dalla pausa e verificò con maggiore precisione le carezze dell'autore, che mancavano alla fine. Le leggerò la notte, durante il viaggio. Si prefissò, quasi a volersi giustificare. Tra una sigaretta e una battuta di tristezza di Nicola. Quella notte il suo incubo tornò a passeggiare i suoi pensieri. Lo struscio di una impastatrice rimestava i ricordi che Said non riusciva a rimettere in ordine. Nell'incertezza di vivere quel sogno o di essere lì solo per raccontarlo, una parte di sé lasciò il giaciglio, vagando nell'oscurità in cerca di quella donna dimenticata. Non la trovò. Neanche quella volta. Fuori, il rantolo dell'impastatrice aumentò di ritmo. Decise di uscire a cercare la fonte del rumore. Un vecchio stava seduto su un muretto a secco. A qualche curva dal suo rifugio. Una sagoma scura che contrastava quel bianco pietra di falsa purezza. Solo il rosso aspirato della sigaretta, a intervalli regolari ardeva il buio. Poco distante, i respiri della notte erano disturbati da quella bocca di vulcano, che rimestava una prossima fatica. Il vecchio si alzava, ogni tanto. Inalava con decisione, illuminando un alone d'ombra con un alito infuocato, per un breve istante, più intenso. Poi sollevava la brocca e avvicinandosi all'impastatrice, dissetava a piccoli sorsi la macchina. Un'altra mezza pala di terra ad amalgamare quel bolo di lavoro e si andava a risedere. Said restò a guardarlo, vincendo la tentazione di cedere al richiamo della chimera adagiata sul giaciglio. Il vecchio sorrise, addolcendo il suo impaccio. O forse fu solo una smorfia. La stessa che Nicola gli donava nelle sue apparizioni. Più ferma e senza pretese di ricambio. Più di un vuoto intravisto in decise occhiate di sfida. Said ammirava da sempre lo sguardo spudorato dei vecchi. Quegli occhi che non si abbassano. Non più. Come quelli dei bambini nudi sulla polvere di Gabès, che aveva ritrovato, quasi sorpreso ma compiaciuto, tra le vanedde chiassose di questi emancipati paesi siciliani. Gemellati in nome di una cultura devota a un'eterna incazzatura. Urlata anche nei più semplici saluti. Devo costruire un pozzo. Il vecchio rispose alla domanda, che Said non avrebbe posto mai. Said inclinò la testa, incrociando la sicumera del vecchio. Approfittò del buio per sostenere il confronto. Una pila di mattoni imitava una nuova torre di babele. Pieni, come la durezza di chi non può delegare una missione. Dicono che qua la terra è siccagna. Riprese il vecchio. Lo sai cosa vuol dire siccagna? Arida, secca, rappata come le mani dei pescatori. Manìano acqua tutta la vita e muoiono con la gola asciutta. E nel pronunciare queste parole, il vecchio inghiottì deciso l'icona della sua metafora. Dicono che sono pazzo a cercarla. Ma io ne sento il ciàuro e le sue allisciate nelle spalle. Intanto mi preparo il pozzo. Un giorno, forse, mi ricompenserà e si farà trovare. Quel giorno, vedrai, pretenderanno di bere tutti. Ma minni futtu, l'inganno è il loro. Ho il vantaggio di saperlo già da adesso, che non è mai stata mia. Pretenderanno di esserne i padroni, ma l'acqua arriva e se ne va, senza chiedere il permesso. Questa, e indicò la brocca sollevando il mento, l'ho rubata a chi credeva di potermela negare. Said ascoltava le parole, assorbendo umidi groppi di saggezza. Alcune le interpretava, non riuscendo a comprenderle. Mai si era rivisto vecchio in un altro uomo. Mai, come quella notte. Il vecchio accecò i suoi pensieri con un'altra boccata di fumo. Said gli anticipò il dovere e acquietò la macchina, pronta a restituire un debito senza scadenza. Said lo raccolse dentro sé, quel debito. Per custodirlo meglio. Poi rientrò in casa ad aspettare il giorno. Un raggio di sole illuminò il fondo della stanza. Sfiorò i capelli di Said fino a incidergli la fronte. Solo allora, sollevò la testa. Il libro di De Luca adagiato sul ventre. Spalancato a dorso in giù con un angolo di pagina a premergli contro il suo dovere di risveglio. Un'ombra gli sembrò vedere appoggiata a una parete. La sagoma di donna del suo incubo notturno. Prima che potesse trasformarsi in un ritorno alla vita, Said si alzò scacciandolo. Il libro lo lasciò passare, liberandolo dalla paura. Fuori lo attendeva il vecchio. Il sole aveva spento il lucchio della sigaretta. L'impastatrice a riposo richiamò il ritrovato smarrimento di Said. Scrutò l'immagine in cerca dei mattoni accatastati, ma solo qualche frattura d'argilla era sparsa sul terreno. Fu accecato dalla luce del giorno specchiata sul muro a secco. Socchiuse gli occhi e attraverso le ciglia intorpidite, riuscì a vedere la fatica del vecchio, tra un mattone e l'altro, a comporre il pozzo. Tu partirai. Il vecchio sembrò quasi ammonirlo, nel pronunciare le parole. Tu partirai. Perché lo racconta il tuo silenzio. Tu partirai. Perché il tempo dell'attesa è finito. Almeno per te. Pi'mmia è appena cominciato. Il vecchio non abbassò neanche questa volta il suo sguardo socchiuso. Sentiva che non avrebbe ricambiato il silenzio confuso di quell'uomo. Continuò il suo ruolo annunciatore, impastando parole ed evocazioni d'esperienza, tra le pieghe spalmate sul suo volto. Non aspettare che l'acqua bagni i tuoi piedi all'improvviso. Non aspettare, come ho fatto io tutta la vita. I calli delle mani sono stati inutili rinvii. Bruciati da una sigaretta lasciata accesa per la troppa attesa. Adesso contemplo il mio rifugio. Mattoni rossi riscaldati al sole che freddano i giorni del rimpianto. E poi il nulla. Dietro una sembianza di riscatto, che nasconde una più semplice paura di morire. Tre volte ho già distrutto e ricostruito il pozzo. Scegliendo posti diversi, che non mi riconoscessero. Tre volte ho ricevuto un aiuto rubato alla pietà di occhi che non hanno saputo chiedere. Ed ho creduto ogni volta di rinviare un appuntamento. Ma tu, non soffermarti sulle mie parole. Io sarò qui, anche domani. E dopodomani. E un altro giorno ancora. A scegliere un nuovo posto meno duro, che custodisca il mio ricordo. A scegliere un nuovo volto che intuisca la strada dalla

mia follia. Non risvegliarti più nella notte, a soffocare il pasto della macchina. Non farlo mai più. Se non
sarai sicuro che sarà per l'ultima volta.

7

Un suono secco, un lamento al richiamo di un motivo per riaprire un giorno, soffocato da piedi che si trascinano svogliati. Già stanchi. Muti come le albe da dimenticare. A volte troppo nere, da non riuscire a riconoscersi. Odori consegnati agli sbadigli. E poi, ogni tanto, fumi di freddo in lontananza. Qualcuno la chiama nostalgia. Un suono familiare, a svelare un volto nascosto dallo scherno e dal dominio. Era quello del pulmino, che nel silenzio della distanza, si udiva all'adunanza. Non attendeva. Mai troppo tempo. Un appuntamento su quella piazzetta, dove si affacciava il bar. Said si faceva trovare lì, tutte le mattine. Sempre appoggiato al bancofrigo, a spulciare notizie che sfiorassero la sua tediosità. Poi il suono di clacson stonato, che inaridiva la pagina di cultura popolare e l'ultima occhiata di rimprovero del banconista. Se mancavi quel momento, il caporale non ti dava mai una seconda possibilità, neanche quelle poche volte che Said aveva visto correre qualche suo compagno, morto di fame e di un sonno mai saziato. Aveva provato il grado di pietà dell'autista, più assonnato e più famelico di lui, ma nessun cedimento aveva mai scalzato il posto all'arroganza. Era già molto che li andasse a raccogliere in quella piazza disoccupata. Ancora di più, che il padrone gli donasse la giornata. Il caporale amava incidere le vite di quei disgraziati con l'umana generosità di quel nuovo sovrano. Ricambiato con una formula più modesta di giuramento vassallatico. E a quel mancato appuntamento, spesso, ne seguiva l'allontanamento senza ritorno. Un rischio che univa i colori, gli odori, le paure e le disperazioni, tutti i giorni, di quella ventina di operai legati da un equo trattamento di disprezzo. Fu il primo pensiero di Said, quando l'eco del clacson invase la strada. Sapeva di essere fuori tempo. E in quel tempo smarrito, solo un numero da sostituire. Ma la sua mente era già in cerca dello sprono di Nicola, che non si sarebbe fatto attendere a lungo. Voltò lo sguardo verso il vecchio, quasi a volere elemosinare un altro attimo di filosofia, ma il muro bianco rifletteva il vuoto ed anche il pozzo era migrato in una nuova fantasia. Provò a tagliare per i campi, in un folle tentativo di procrastinare l'incarico assegnato e raggiungere l'affezionata schiavitù, ma durante la corsa prevalse il timore di arrivare per tempo. Immaginò di intravedere il giallo del pulmino, dietro l'ultima curva, che lo attendeva. Rallentò il passo, ancora una volta. Poi, per negarsi qualsiasi altra possibilità, tornò indietro verso Casa Morghella. Il libro di De Luca lo attendeva. Ancora spalancato. Per tornare a fargli compagnia. Scrutò le stanze mute, come le aveva lasciate. L'alibi di Rahì scartato per istinto. Era la sua missione e non poteva pretendere anche, che ne diventasse la sua giustificazione. Non rinunciò a cercare l'ombra della donna, pungolo di una possibile espiazione. Sentì il freddo che si appoggia sullo stomaco, protagonista di queste circostanze. Avrebbe voluto esternarlo e liberarsi di un rimpianto, ma il tempo acerbo gli permetteva ancora di rintanarsi nell'assenza. Avrebbe voluto anche raccogliere l'intimità di quella casa. E portarla con sé, da utilizzare all'occorrenza, quando i silenzi avrebbero preteso le risposte. Uno zaino di iuta, custode di umili necessità. A volte cuscino, a volte falso prezioso simbolo di possesso, lo raccolse da terra e con De Luca sprezzante dentro la mano, uscì per strada, accecato, ma non il sole. Solo uno strano entusiasmo. Da bambino. Il Ponte delle incertezze umane riusciva a contrastare la tramontana incalzante, che lo modellava adulandolo dal basso, per risalire impetuosa e irriverente attraverso le fenditure di precedenti visite nascoste. Said vi giunse sapendo che lì ci avrebbe trovato Nicola. Il fumo piegato dal vento portò l'odore dell'amico alle sue narici. Ripensò al quadro spalmato sulla tela dagli indici, sempre più ingialliti di Nicola. La palma ancora piegata, quasi a indicare una decisa direzione. E il mare. Metafora di libero confine da valicare. E perdizione di non ritorno. Nicola rubò la scena all'amico. Quasi a costringerlo a esporre un sentimento mal celato, rimase ad osservarlo nella sua stranezza africana, troppo simile alla sua. Non ci sarebbe stato bisogno di parlare, neanche questa volta. Perché i fatti avevano già soffocato inutili fantasie. Si guardò le mani, respingendo il tremolio della lucidapavimenti della sera precedente. L'aveva riposta come a prometterle un arrivederci. Solo mentre infilava la chiave per chiudere il supermercato, rientrò a ricacciarla dalla tana, dalla quale solo lui in dieci anni aveva avuto l'esclusiva di liberarla. La spinse con più foga al centro della sala, proprio davanti all'accesso principale. Forse, abituati alla sua assenza, non l'avrebbero notata, il mattino seguente. Ma solo per un attimo, pensò Nicola. Poi sarebbero tornati indietro e qualche collega, meno distratto, avrebbe raccolto il messaggio. Prima degli altri. Magari sarebbe rimasta lì, al centro della sala per un bel po'. Magari tutto il giorno, a schiumare l'incazzatura del padrone, vanamente a attenderlo con la lettera di dimissioni volontarie tra le mani. Lo avrebbe atteso, con assopita rassegnazione, mentre le ore avrebbero aperto lo spiraglio della sconfitta, che avvolge un rancore taciuto per un giorno intero. Un tocco d'umanità inaspettato aveva assalito Nicola. Violò alcuni tubetti di concentrato di pomodoro e accanto alla lucidapavimenti, dipinse sul pavimento il messaggio finale della sua ultima esternazione: "...E se nell'aprire gli occhi, volgendo lo sguardo in alto, verso l'umanità che ha venduto frammenti di cielo in cambio di gocce d'ambizione, mi sentissi un altro insensibile controllato, potrei anche decidere di non risalire più".

Vinse la tentazione di lasciare la porta aperta, stupida ripicca. Il probabile suono dell'allarme frenò l'istinto infantile di un gesto di disprezzo. Ultimò con doverosa perizia i gesti ripetuti mille volte, racchiusi in un buio di memoria. A casa, quella notte, si addormentò con il pennello tra le dita. Adesso era lì, ancora in piedi su quella geometria instabile. Sembrava contasse i passi, quasi che la natura avesse prodotto il prodigio della mutazione. La stessa che sentiva premergli da dentro. La stessa repressa troppe volte, davanti a quella scrivania incravattata. Neanche il tanfo mieloso di cera per legno, prelevata dagli scaffali, riusciva a coprire l'alitosi in carriera del ventottenne figlio di immigrati arricchiti, tornati dalla Germania. Lo riceveva tutte le mattine, a mostrargli il suo ideale di perfezione teutonica votata all'igiene. Un sorrisetto bavarese e un'intonazione siculo-mafiosa a rivendicare le origini. Ogni tanto aiutano. Poi lo esortava con quel nomignolo Nicò, come a professare un risparmio economico anche su quel "la" finale. Ogni tanto, a confermare un ruolo di superiorità magnanime, si lasciava andare a un rimprovero, quasi moralistico, che legasse di più un rapporto che ostentava impunemente l'amicizia. Nicò, questo mese non mi hai pagato l'affitto. E forse era vero. Avere troppi pochi soldi è come averne troppi. E basta. Non ti rendi conto mai di quanti ne hai incassato, né di quanti ne hai speso. Provare a tenerne il conto, o ti fa incazzare o ti deprime. Nicola se lo ripeteva, anche in quell'istante, contemplando la sua scelta, su quel ponte di roccia. E poi ti tocca fumare di più, per illuderti di bruciare la miseria o la noia in una boccata a pieni polmoni di falsa rassegnazione. Adesso avrebbe potuto nettare con maestria il suo moralismo, quel capo ereditato e la sua lucidapavimenti a elemosinare lavoro. La mente di Nicola era già oltre quel vento che gli ricacciava in gola un'altra sigaretta. Non si voltò, continuando a danzare la nenia delle onde, ma sentì la serenità di Said che aveva preso il predominio sulle sue domande. Ma chi, veramente, può dire, dove ricominciare a vivere, se forse non si è vissuto mai? Strade che si aprono a voragine e una folle voglia di non deviare il cammino. Come se le avesse lette nel pensiero dell'amico, Nicola si ritrovò a pronunciarle mentre chi, per quelle parole non ci aveva dormito la notte, si sedette su un muretto mai finito, traccia di un oltraggio abusivo che, forse, era riuscito ad accendere un rimpianto. Fu tentato a rubare un'altra pagina allo scrittore partenopeo, che da qualche capitolo sentiva più vicino alle sue scelte. Tanto, da osare a innalzarsi a collega. Perché Said il suo libro l'aveva già. Mai scritto, ma dormiente nei suoi incubi notturni. Padronanza di mentalità, più del linguaggio necessario. Da qualche giorno aveva cominciato a crederci. Ogni tanto lo sfogliava nelle sue segrete allucinazioni, quasi a correggere un eccesso di ricercata bonaccia. Quasi a credere di poter celare un altro segreto. Inconciliabile con le implosioni di Nicola.

8

Ci incontreremo a metà strada. Su quella precarietà d'argilla. Ma forse non sarà neanche un incontro. Una replica di un successo annunciato, che non tralascia tempo alle distrazioni. O forse ci siamo già incontrati, senza troppa enfasi. Come un fatto dovuto. Come un fastidio da evitare e da ignorare. Chissà se quest'argilla, che temo di sfiorare, saprà aspettare un momento migliore che sia anche l'ultimo? Chissà se riusciremo a guardare le stesse cose, utilizzando le stesse parole? Chissà se riusciremo a perderci ancora in un nuovo colpo di testa, che ci illuda di poter ricominciare? Un'altra donna bionda si è impossessata di un attimo di serenità. Un'altra extra pronta all'ennesimo giudizio senza replica. Un'altra evasione che sembrasse migliore di uomini neri con l'anima nera. Perché niru cu niru nun tinge, come gli ricordava ogni tanto Nicola. E Said ci provava a tingere il suo nero silenzio con un altro colore. Ci provava dentro il buio di Casa Morghella. Tutte le notti. Alzava la mano, in alto verso il vuoto. Con la scusa di voltare pagina. Non solo del libro. Provava a definire i contorni delle dita che si perdevano tra le ombre delle sue insicurezze. Non ci riusciva, nonostante i ripetuti tentativi. Divaricava le dita per congiungerle un attimo dopo, a gustarne il contatto. Lo stesso che aveva provato a consegnare al destino di quegli uomini neri. Senza futuro. Anima nera. Da racchiudere nelle pagine e da liberare, in una raccolta rinnovata da un improvviso entusiasmo. O da rinchiudere per sempre in un nuovo incubo. Napoli è una carta sporca. Un verso ascoltato a casa di Nicola. La musica di Pino Daniele che accompagnava l'ispirazione creativa dell'amico pittore. Noi siciliani abbiamo anche le mani. Sporche. Più di quanto pensiamo di poter nascondere. Terra di conquista. La Sicilia. Terra di orge di potere. Abbiamo mutato i protagonisti, nei secoli. Immaginandoli migliori nelle nostre fantasie. Noi a modellarla, la terra. A renderla meno dura all'espugnazione. I predatori, a esporsi per raccoglierne i frutti. Poi, sono andati via. A turno, ci hanno lasciato la ricorrenza di una falsa rivoluzione che ci riconsegnasse alla Storia, nelle mani di un nuovo padrone. Anche quando abbiamo pensato di essere noi, i nuovi conquistatori. Solo allora abbiamo mangiato la terra, che ci è crollata addosso, invadendo le nostre case di arroganza melmosa, ad affogare nuovi figli del sogno. E li abbiamo anche rimpianti, quasi ad aspettare che ci indicassero una via già segnata da seguire. Confusi da un protagonismo storico non previsto, hanno dovuto regalare un complimento alle nostre donne per suscitare una reazione da onore offeso. Ma le strade erano già state invase da figli biondi e occhi cerulei, tanto bizzarri da non riuscire a confondersi con le abbronzature. Dove credevi di essere arrivato? Said era già sulla strada del ritorno. Il sole deflorò l'argilla, che si concesse senza resistenza. Prima di svanire in un rispettoso commiato. Passi a memoria, tra le insidie degli scogli. Furono la traccia da seguire. Nicola si mantenne qualche passo indietro, concedendo all'amico la guida. Non domandò. Neanche quando lo vide sparire dietro la porta di plastica. Said rimase dentro la serra a temperare la vista a un nuovo buio.

Da quell'odore zuccherino scrutò le ombre delle piante addormentate. Si avvicinò cautamente, a dubitarne un'invadenza di disturbo. Quegli arbusti eleganti e decorati dai grappoli rossi della fatica. La sua, che non riusciva a pretendere una ricompensa. Avvertì un impulso di tradimento, in una fase delicata della crescita. Provò a distrarsi, allungando l'orecchio al ronzio vitale dei calabroni, ma avevano già portato a termine la loro missione copulativa. Said era solo all'inizio di un viaggio di riscatto che non avrebbe scambiato con un riposo meritato. Uscì all'aperto. Un'altra goccia salata da ricacciare su. Ma era notte e neanche troppo calda per chiamarla solo sudore. In mano un grappolo di pomodorini, ancora chiazzati di verde. Il tempo scavava il suo terreno per attendere la maturazione. E l'orgoglio da sfruttato risvegliò la rivoluzione assopita. Quel prelievo proletario, la redenzione. Nicola restò a osservarlo mentre sfilava il corpo da quella trappola. Il personaggio mancante di una nuova storia da dipingere. Qualcuno un giorno la leggerà, sentendola anche sua. Ma gli indugi crollavano sotto i passi spediti di Said, per fermarsi a immaginarla. Era tempo di sfogliarla e di andarci incontro. Mentre il sibilo di una brezza nascosta nella distrazione richiuse il passaggio oltraggiato della serra. Si potrebbe inventarla, se solo si volesse veramente. Costruita collezionando attimi che ridestano un assopito distacco. Quasi apatia di vivere, tra percorsi preconfezionati e alibi d'incomunicabilità. Qualsiasi altra parola, una bocca che si apre solo per giustificare un rumore. Il cielo spurgava fredde stelle, mentre s'incamminarono verso la spiaggia. La sabbia restituiva le ombre dei loro passi. Nicola accese un'altra sigaretta e fu solo schiocco di fumo che ritmava leggere schiume di mare. Tre passi, prima che quelle schiume lambissero i muri delle proprietà abusive. Tre passi a scansare cartelli di divieto reclamati, che i due sfiorarono passandoci accanto. Nicola indugiò, lasciando ancora una volta la guida all'amico. Tre passi indietro a rimirarli quei cartelli. Qualche minuto dopo, raggiunse Said a consolarsi nel suo silenzio, mentre molliche di latta arrugginita indicavano una traccia da non seguire. Non più. Nicola si concesse un risolino soddisfatto. Poi, quasi a riprendere un discorso interrotto: siamo strani noi siciliani. Sì, anche strani. Un po' teste incoerenti che ostentano attaccamento alla terra, che non rispettano. Consegniamo al mare scarti di consumismo irreversibile a decorare spiagge bramate dai turisti. Il mare ci restituisce tutto. Dopo ogni mareggiata invernale. Dopo avere modellato con sapienza la nostra stoltezza, rigirandola e levigandola con sale ciottoli e vento. Ce la scaglia sugli arenili, come una vita riciclata. Dentro lucidi cestelli di lavatrice. Inossidabili. Si voltò ancora indietro, a riguardare lo spuntone di terra che si confondeva con il nero marino. Illuminato da lucciole gialle, si specchiava sull'opposta lingua di terra che chiudeva la falce di sabbia. U cchiu beddu postu du munnu. In ogni caso. Il sogno accantonato tornò a far visita a Said. La prima sosta, sulla spiaggia della Marza. Uno strato di sabbia lunare lo aveva avvolto da qualche ora, mentre Nicola intonava un sonno profondo. Onde di capelli a confondersi con lo sfondo e occhi azzurri di rimprovero. L'aveva obliata, come un disturbo. Poteva permettersi di giocare ancora con le immagini. Incastonarle a piacimento, tra ricordi ed esalazioni dalla realtà. Senza capi d'accusa da ostentare. Né testimoni scomodi che potessero smentire la sua personale verità. Fu tentato di chiedere aiuto all'amico, ma lo spettro della donna veleggiava su pacate onde, contrastando una coscienza, ormai da tempo, oltraggiata oltre misura. Alcune volte, aveva immaginato di vederla, avvolta dal suo passato da dimenticare e un futuro cancellato da un tocco prematuro. L'idea della Sicilia sussurrata da Nicola crollava in un morso di sporca fantasia. I contorni della donna danzavano con i ricordi accantonati. Said sollevò il rimorso sulla spiaggia, in cerca di lucciole che accecassero la verità. Non si accorse neanche dello sguardo dell'amico, ridestato dal suo folle silenzio e che provava a offrirgli un nuovo oblio. Se non sei disposto a donarla senza indugio a un amico, non sarà mai una realtà. Rimarrà per sempre un ologramma, strappato da un soffio di rimorso. Nicola provò a scuotere l'amnesia narcotizzata di Said, ma non era ancora tempo per tornare a scollare le ombre. È come toccare con la mente una realtà che non appartiene. Conoscerla in parte dai racconti della gente. Senza l'obbligo di esporsi oltre un limite di coinvolgimento personale. Ritrovarsi a vivere una vita non propria, per un attimo, il trasfor-

mista di una coscienza sapientemente addomestica-
ta. Udiva la sua voce. Ogni tanto. Quella voce dell'est.
Donna, di vita da raccontare. Quando il rimorso ap-
profittava del suo distratto letargo, Said scalava
un'altra babele di parole. Lui, che le cacciava come
una mosca sopra il pane, si sarebbe rintanato in
quella litania incomprensibile. Il tempo si adagia sui
ripensamenti e lascia i rimorsi a navigare i sogni in-
sonni. Come quelli di Said, in fuga con Nicola verso
un altro tentativo di conservazione. Un nuovo compagno da ascoltare in un cammino di delirio. Nicola
lo invitò ad accecarsi al sole che infuocava una linea
di distacco. Quasi con rispetto, Said zittì i suoi pensieri. Poi rivolse l'attenzione allo spicchio incendiato
che pigramente ardeva l'orizzonte.

9

Tre giorni, prima che la fuga assaporasse una mancanza. I due poliziotti allargarono la plastica della serra, in cerca di cinquanta gradi che modellassero le risposte. Il padrone accennò un nascondiglio, ma tre gocce di sudore accumulate nella rabbia si unirono ai tre giorni di amnesia. La mano callosa asciugò la stizza, mentre un senso d'innocenza lo incoraggiò al confronto. Era stato abituato a cacciare i lavativi, come li chiamava quando coniugavano il verbo chiedere a un tempo di pretesa. Sgrammaticando l'imperativo all'eseguire. Unico verbo con un condizionale sempre giusto. Due visite azzurre in una settimana erano troppe, anche per lui che smerciava oro rosso da vent'anni nei mercati di Vittoria, a bestemmiare un guadagno imposto da regole occulte e strette di mano di sopravvivenza. La stessa che riservava a moderni schiavi in fuga dalle guerre. Prima quel kuntakinte irriconoscente, sparito nel buio di un mattino. Come le sue sparate in quel dialetto siciliano, troppo padrone di fonemi eruditi che stentava a riconoscere. Quei cento chili di muscoli neri, si faceva chiamare Rahì, ma chissà se era il suo nome vero. Lo riferì ai poliziotti, quasi a giustificare una colpa. Stavolta lo lasciarono parlare, per condividere un fastidio. Questi lasciano il loro paese, come se inseguiti dalle paure. Quelle che si mescolano alla fame e a un futuro già passato. Un poliziotto provò a pensare a voce alta, ricambiando una risposta. Scappano dalla guerra, come se fosse la scaciuni di tutte le fughe. L'hanno già vista l'Italia. Nelle vecchie televisioni a colori, accatastate nelle riserve africane, hanno sciolto le nostalgie di viaggi immaginati. I loro, e quelli di altri uomini a mandorla e altri, bianchi scuri di noia e stanchi di guardare soldati di pace passeggiare nella polvere. E cinquemila euro li avrei presi anch'io, se me lo avessero permesso i miei tre figli in braccio a una madre sola. Sì, un altro qualche giorno dopo. Scomparso o fuggito o cosa posso sapere se scappato, di nuovo, da chi, da cosa e per cosa, ma io un futuro glielo avevo pure garantito. Il padrone cercò di giustificarsi da quel mondo di fughe, senza spiegazione. Forse anche meno di quelle pretese da quegli uomini in un'azzurra ipocrisia d'ordinanza, a recriminare e a sognare soldi facili da intascare, in nome di pace, solidarietà, missione d'altruismo da edificare su vite disilluse, in attesa da secoli di DNA da tramandare, di scoppi e fuoco, e urla e sirene. E dopo le partenze, una nuova guerra. Ma neanche i cani sguinzagliati intorno alle serre, avevano mai conosciuto un'onta di catena. E che avrei dovuto fare, se non aspettarli la mattina per una giornata di fatica. Garantita tutti i giorni. Restarono a fissarlo, scrutando con il pensiero articoli da codice penale da potergli consegnare. Ma un vuoto culturale soccombe l'ignoranza, in questi casi. Un'altra scaciuni che copre tutti gli sbagli. Un benefattore. Sbadato, forse. Ma la terra ha sempre preteso lo stesso colore delle braccia, per concedere un amplesso di raccolta. Meglio che spacciare evasione bianca. O a profanare diritti d'autore nei cd offerti nelle fiere di paese. O rose di plastica da abbandonare sui tavoli imbanditi, in cambio di un sorriso simulato. Un'altra risposta convincente del padrone. Un invito a dedicare il tempo a più nobili reati. Due negri spariti in una settimana. Troppi per una sola distrazione, ma la cittadinanza pagava i loro miseri stipendi con le imposizioni per investirli in due vite, neanche reclamate. Perché ci vuole culo, per scegliere dove nascere. Il motto di Rahì sembrava per un momento invadere la loro vita, come se fosse possibile accostarla, decontaminandola da un destino avverso. Il poliziotto voltò di scatto la testa verso la porta, come se un'ombra avesse attraversato la sua apatia. Solo per un attimo, gli sembrò di poter toccare un motivo alla sua missione. Poi, la voce del collega lo riconsegnò a un distacco da caserma, che li avrebbe avvolti per proteggerli da nuovi scrupoli di coscienza. Avrebbero potuto scegliere un contatto diverso con quell'uomo dalle scelte obbligate, ma in comune avevano un velo di rassegnazione agli eventi incontrastabili, con il quale provare a sentirsi più puliti. Forse, solo meno coinvolti. La porta rimase aperta, mentre un dubbio di silenzio occupava il posto dei due poliziotti. Superflua ogni altra parola che giustificasse un perché. Non voluto, non necessario. Solo un altro, posto scomodo, da evitare. L'uomo lo fece accomodare, quel silenzio trascurato. Vestito di pensieri scacciati negli anni. Si guardò i segni sulle mani, prova di una ricchezza affaticata. Provò a rimproverarsi un'altra distrazione d'egoismo, ma un orgoglio antico prevalse su una colpa, fino ad allora, neanche contemplata. Venti altri uomini lo aspettavano nella serra, in attesa di un ritorno alla normalità. Ho delle responsabilità, io. E venti famiglie da sfamare. Si alzò di scatto dalla sedia, quasi a sfuggire un improvviso anatema di calore. Sollevò la plastica, cercando lo scruscio più complice in quel suo gesto. Poi, accennò un sorriso, si avvicinò a un grappolo che uccise la vergogna in un impeto di fierezza ritrovata. Accarezzò un ciliegino, riconciliandosi con il suo mondo e sentenziò: Raccojemmu, picciotti. Intanto i poliziotti, che erano rimasti a guardarlo dall'auto, uccisero quel silenzio accusatorio accendendo la radio nella speranza di un dovere da assecondare. Domenica, mia moglie fa 'a pasta 'o furnu, ci veni? Un collega chiese, rivolgendosi all'altro in cerca di una connivente indifferenza. Il motore si accese al primo colpo, come sempre senza risposta. E il primo grappolo di pomodori cadde nella cesta.

10

La gente dimentica in fretta. Troppo in fretta. Quando l'esperienza è degli altri, quando la si può solo ascoltare, quando la si può sfuggire con uno sguardo spinto oltre la propria sofferenza. Quando non le appartiene, rimossa con fastidio pochi istanti dopo quel contatto obbligato. È come una spugnetta sulla lavagna. Veloce e impietosa nel cancellare un ricordo. Quella bacchetta di gesso, ingiuria non spezzata a un brivido di sensibilità, da sconvolgere un prato di pacatezza. Voluta, come se quell'aculeo bianco possa incidere la verità su quel lucido nero. Parole indelebili da trascinarsi a casa. Da accatastare accanto ai propri ricordi. Da rimpiangere, come a vestire la vita di un altro essere. Da riemergere in tracce di nostalgia, distribuite per le strade. Nicola continuava a calpestare orme del rammarico, sfiorando un fantasma d'onda marina a intrappolargli pensieri indefinibili. Ritmava il passo con i tonfi nudi di Said a comandare l'andatura. Sabbia d'oro impalpabile si attaccava sui loro se-e-ma, assorbendo la poca voglia di concedersi un rimprovero. Le mani incrociate dietro la schiena, a sorreggere una pausa tra le pagine del libro. Said componeva un segno dal passato, più simile alla realtà. Più di quella che aveva abbandonato dentro il bar delle sue attese mattutine. A occhi accecati da una rinuncia d'opposizione, per un istante si fece catturare da quel passato evanescente, seppellito da troppo tempo nel silenzio. Una sabbia più nera aveva incagliato la sua durezza a un'altra fuga. Confuso dal suo contrasto epidermico, su quella rena sempre più straniera, si era sentito protagonista di una storia scritta da altre mani. Meno poetiche della prosa consumata durante saltate pause mense del suo recente remoto. Più aspre a solcargli i ricordi, spugnati di vigliaccheria. Si guardò le sue, come a provare a toccarsi l'anima. Sulle sponde di un mare, chiuso nel suo distacco, aveva atteso nel passato uno sguardo complice da ricambiare. E rivide le corse lungo i pontili improvvisati di Gabès, che altri invasori chiamavano porto, inseguito dalla gendarmeria e dalle sue paure. A piedi scalzi, tagliava i solchi di un parto da destino e si sentiva come planato sulle vite distratte degli altri, disposto a donare la sua in cambio di una possibilità di scelta. Un'aria asfissiante, braccante a un'età già rubata senza chiedere permesso, la sentiva scivolare come una linfa vitale che accorcia il tempo di pensare. Vissuta, più di una distrazione che conturba, che lascia il segno dentro un corpo abbandonato alla meschinità. Non sapremo riconoscerli, pur essendoci preparati per tempo. Nessuno ci concederà il privilegio di un falso gioco al ribasso, dove provare per un'ultima volta a ritrovare sé stessi. Meno duri e più disposti a cedere a un nuovo sopruso, che sa di rassegnazione. Said aspettava il momento buono. Nascosto tra i cassoni tagliati dal silenzio soffiato dalla brezza di mare. Provava a declinare l'attenzione svogliata di altri uomini in divisa ad applicare accordi d'interesse. Internazionali. Ogni giorno era il giorno giusto. Ma poi la precarietà di un'idea da dedicare al futuro, rinviava l'appuntamento con l'azzardo. Perché ci vuole culo anche nello scegliere dove nascere. La figura di Rahì invadeva ancora prepotentemente i suoi pensieri. Nessuno può capire il tuo imbarazzo se non l'ha mai provato. Dover crescere con l'unico dilemma del come e la certezza che, prima o poi, accadrà. Come uno sfratto sottoscritto alla nascita, che non merita repliche. Né le concede. Una notte si aggrappò a quell'idea di fuga, oltre che a quel container diretto chissà dove. Inspirò la sgasata dell'autista che salutava colleghi terrestri in una lingua incomprensibile. Lontana dal suo quotidiano rinvio. E la polvere accumulata nell'infanzia gli sembrò meno insensibile del suo sentimento d'esilio e odio per una terra che intonava sinfonie sibilanti nei bagliori notturni. Risvegliarsi sotto un sole cocente che inacidiva senza rispetto corpicini nudi distesi sul selciato infangato dalla rugiada appiccicosa di un'altra guerriglia clandestina. Per tre notti intere, Said aveva combattuto il freddo e il dubbio di una scelta incauta, dedicando le sue energie ai colori della strada sotto, che sembravano ornare l'incertezza e lo sgomento. Uno stridere incazzato e stanco gli aveva dato l'occasione per abbandonare quella scomoda dimora. Qualche secondo ancora, per rientrare in possesso del suo corpo. Rotolò dietro un sacco di juta e di gente che sbraitava al mattino, giunto troppo presto per smaltire un'altra incazzatura. Aveva conosciuto il contagio d'inedia che rode il ventre, prima che lo stomaco. E quell'odore unto di abbuffata partenopea che si deposita sui vestiti fino al giorno dopo. Fu all'ennesimo passaggio di un fritto sottilissimo e invasivo che Said trovò quella copia oltraggiata di De Luca. Abbandonata, come la sua terra rinnegata. Resistente all'indifferenza, era rimasta incastrata chissà da quanto tempo, tra due sacchetti neri del progresso. Raccolta da quel simulato pudore a rimediare allo scempio, come un ladro di una civiltà snobbata, Said l'aveva custodita per la prima volta dentro il ventre vuoto. La prima di tante. Poi cominciò a calpestare l'odore di un'altra vita. Straniera ma necessaria. Per vicoli simili al suo passato, saltò i marciapiedi evitando la fretta degli indigeni dentro le loro auto, mentre una sirena richiamava i turisti al porto diretti alle isole.

11

Nicola lo svegliò mentre si arrampicava per una viuzza sbandierata, con donne ai balconi a osservare copertoni abbandonati e bambini arrotolati dentro a spartirsi un sorriso. Si ripeteva il miracolo del sogno interrotto. Un amante giù per la finestra, ad ambire un'immediata ripresa del gioco. Said sentiva il profumo di quei sorrisi, mimandoli davanti allo sguardo basito dell'amico. Aprì il pugno puerile cercando un segno di possesso, ma il ciuffo biondo a solleticargli il palmo rosa sgretolava l'incanto lasciando il posto alla menzogna rinnegata. Forse stai appiccicato a un fedele malessere per cercarne uno nuovo. Nicola scagliò un altro verdetto da raccogliere con l'anima, ma Said contornava già con le dita il profilo della donna, con lo stesso rispetto dedicato al suo libro. L'aveva seguita al suo cenno d'invito, dentro quel ricordo, non più solo sogno. Non più solo rimorso. Una musica ispirata aveva ritmato gradini lacerati fino a quella tenerezza a pagamento. Simultanei singhiozzi di un amore senza domande, tradotti dai loro corpi. Apri i tuoi occhi, donna. Che tu possa vedere il figlio della madre Africa fuggire nel tuo grembo bianco, in cerca delle sue origini. Diventerà uomo avvinghiato al tuo frutto addolcito da miele di mimosa. Gli strapperai la durezza per una notte di rinuncia, nei giorni da dimenticare e albe da struccare da egemonia malvagia. Stringi, donna. Un dio rinnegato, stanotte per un'ultima volta, è tornato a farsi uomo. Non cercare di comprenderlo, donna. Perché non ha niente da dirti, che non abbia già visto. Niente che possa dividere la tua natura gitana da un'evoluta schiavitù. Niente che tu possa ardire di chiamarlo solo splendore. La donna bionda lo aveva amato, quella notte. E mille notti ancora. Tanto, come una puttana non può permettersi di fare. La donna rumena, Shakira per le strade, mesceva il suo destino a un disertore di un'altra guerra di bambini. Non più gioco, non più leggenda. Gli occhi socchiusi degli anziani, nel tentativo di non contarli più. Distesi come fiammiferi, fregati troppo in fretta. I vecchi ricordano, per non uccidere più. Mani mozzate che stringono speranze, sparate in aria. Troppo in alto per attendere che avvolgano un futuro. Sei fuggito, Said. Da quell'amore espiato e mai restituito. Quando la donna ti mostrò il suo passato da cullare. Bionda, come la madre. Due occhi cerulei che ti giudicavano da uno schermo spento di un cellulare. Lo stesso strappato dall'arroganza impulsiva del guaglione del tuo incubo. Le ripercorri le nebbie del rifiuto, che hai divorato nel mutismo e che provi a racchiudere in un libro. Le parole ti sfuggono, come la tua colpa. Lasciata tra due auto, dove riuscisti con fatica a riconoscerla. L'hai trascinata dietro, come un fardello sulle spalle nude. Quelle che bruciavano tra le braccia di Shakira. Giocavi all'uomo del possesso, lisciandoti la fronte con chioma platinata. I tuoi giorni cedevano nell'alcova acerba, dove hai creduto di aver trovato il mondo. Ne cercavi un altro di mondo, tutte le mattine. Allungavi la mano a toccare una vera realtà, che non fosse allucinogena più di un viaggio senza meta. Non lo ritrovavi, quel contatto raffinato. Inebrio di una lenta morte, che non riuscivi a chiamare amore. E adesso, l'affanno di un rimpianto ti brucia la voglia di un domani. Poi furono le sirene, quelle del tuo sogno. Più intense e assordanti. Il fumo di un silenzio che cancellasse tutto. Vedevi il corpo attraverso le sagome curiose e il tuo distacco divenne alibi da custodire nei ricordi. La polizia salì al rifugio, che non era più tuo. E neanche solo di Shakira. Sconosciuta nei pensieri delle altre donne ma incisa nei telefonini dei perversi, non ti diede il tempo per rivelarti il suo vero nome. Né per sillabarlo in un angolo di tormento. E rischiarare le notti di una ritrovata solitudine. Prudenza, che non sa cogliere gli attimi rigurgitati dal passato. Said toccava la sabbia bagnata del mattino, quasi a illudersi di poterlo sotterrare. Una nebbiolina azzurra si unì all'umidità della notte. Nicola e un'altra sigaretta lo spingevano ad abbandonare i rimorsi dentro un nuovo giorno d'incomunicabilità. L'avrebbe raccontata, quella storia molesta. Con parole incise sui fogli di carta da sfogliare, Said avrebbe scritto una confessione che rinunciava a un perdono di giudizio. Tentò, in un'ultima voglia di delirio, a disegnare il volto, almeno della bimba, unendo le gemme saline del mattino. Cercò ancora dall'arte rubata all'amico, un cenno di condanna da mettere da parte, ma il mozzicone improvvisamente spento da Nicola, gli sembrò un condono ad una pena, ancora da scontare. Ripresero il cammino da un'interrotta sosta di rammarico. Sempre più incalzante, da lasciare un appiglio di redenzione da sciorinare nella veglia di un destino. Il tempo accomuna gli errori e le speranze. Un'altra sentenza di Nicola sembrò invadere l'aria da un ultimo boccone di fumo masticato, prima che allungasse una mano verso Said, aiutandolo a rialzarsi.

II Parte

12

Una ricerca ambigua, dispendiosa, avvolge la presenza di chi si ostina a cercare un motivo per vivere. Spesso, solo per svanire. Scegliere di restare a osservare, o credere di poterlo fare, come una concessione che conduce a un patibolo. O rincorrere le assenze di una perduta opportunità. Giorni di apatia mimetizzata, polvere da strada che raccoglie un dilemma interiore, una coscienza lasciata vergine dentro una fossa comune. Qualcuno paga per dimenticare l'inferno. Un figlio venduto, estratto a sorte da un futuro immaginato, colma un disagio votato al sacrificio. Come una zampa di lucertola, lasciata in pasto agli aguzzini, un padre prova a seminare un segnale di sopravvivenza. Trecento uomini mangiarono le tenebre, soffocando la sete con groppi di un fai la cosa giusta. Partiti di notte, come le sciagure che attendono il buio. Lasciarono una porta d'oriente in cerca di un altro sud. E incrociarono etnia e freddo, avvolgendoli con la follia eterna di un viaggio cosmopolita, dove confondere dialetti religioni culture, sotto una pelle colorata. Inzuppati da una chimera di mare e acqua razionata. In tasca custodivano documenti di diversità, da mostrare alle appartenenze di un mondo globale che riesce ancora a separare. In testa, una guerra civile da dimenticare in fretta. Motivazioni ereditate sgozzate da brezza che taglia coerenze non mantenute. Ognuno con una storia diversa da tramandare. Altre muse letterarie da sviluppare nei dormiveglia. Da accalorare, rendendole esclusive. Si può provare a escludersi da un gioco di ruoli non richiesto. Continuare a osservare il borbottio incalzante di una macchina da caffè e scambiarla per una metafora di vita che attende. Inalare un altro aroma da condividere, mentre altri personaggi illudono un'estraneità che concede l'attimo della spartizione. Contemplare quell'attimo, come se fosse l'unica incombenza dovuta dalla circostanza. Soffermarsi a pensare se spegnere un calore inutile che brucia l'attesa o riversare il contenuto, disposti alla privazione di un momento per un tentativo di riserva. Quei trecento uomini erano accatastati dentro quella chiatta che aveva conosciuto gli albori di una nave, in tempi remoti. A contatto con altri compagni votati a un consenso implicito, senza più una scelta da rivendicare. Contavano a mente i sincopati colpi del mare inferti alla tristezza, prima che domati dall'imbarcazione. Il denaro consegnato alla libertà, come baratto a perdere per una prestazione senza diritto di recesso. Raccolto di un sacrificio che si aggiunge agli altri, quelli di anni che incidono le mani. Scivolato tra dita rilasciate, che non sanno più trattenere la propria identità venduta al fato. E al mare. Un coraggio nascosto nei pensieri. Allegoria di musica popolare per farsi consolare. Rivedere i volti dei figli, specchiati sui propri documenti, che non ti fanno riconoscere. Neanche quando un contrabbandiere di anime prova a storpiarti un nome cingalese, ereditato da una delle mille e una notte, affogate in vino nero e tentatore, tra guglie di palazzi bizzarri da vendere nelle favole. Altro silenzio che si mescola al fumo dei ricordi. Sorrisi puerili tra il fango delle bidonvilles, occultate nelle riviste del turismo sessuale degli stressati occidentali in cerca di rifugi vietati alle scrivanie. La nave ruppe gli indugi in un'altra notte strappata alla polvere, trasportata dal vento. Urlata per strade limacciose dai troppi giorni distesi a essiccare la povertà dentro una nuova fabbrica americana. Schiavizzare altra manodopera locale a basso consumo. Piccoli artigli che modellano l'arte di gomma del fitness aristocratico. Storpiare un eroe greco, trasformando l'originario nome in una più anglosassone attrazione commerciale. Quante piccole mani stavano abbandonando quei trecento padri rinnegati, in fuga verso un mondo di opportunità sognate? Troppe, per acquietarle con le lacrime truccate da umidità salina. Troppe, per credere veramente di poterle riavvolgere, un giorno. Troppe, per illudersi di disertare un terzo mondo. Quante giornate di sole da stipare nelle stive arrugginite, più dei propri sensi di colpa? Poche per assimilare nostalgia, strattonata dal mare. Poche, per racchiuderle in altri bagagli di cartone da dimenticare in caso di pericolo. Poche, per custodirle in un passato ritrovato e da difendere. In quel dondolio consolatore, affioravano le immagini degli inganni del progresso. Altre navi, scintillanti nell'ombra accecante dei vicoli, in cerca d'acqua putrida da offrire come souvenir a mani troppe delicate, per comprendere. Navi che invadevano la storia, quella scritta e quella solo raccontata. Disegnata sui volti degli anziani, ricacciati nel presente decaduto da un antico splendore. Pelli bianche a farsi bruciare dal sole, in cerca di protezioni esotiche dove rivendicare un'ambigua superiorità, spacciandola per ammirazione. Occupavano le strade, scalzando vite smerciate, esposte nei mercati. Bambine ricercate, mascherate nelle feste degli adulti, assaporavano l'arrack dentro gusci di cocco riciclati. Come i loro corpi violati, senza più alcuna protezione. Sorrisi elemosinati in cambio di bocche speziate, pronte a raccogliere dolcezza sessuale da condire con acerbi e innocenti frutti pungenti. Quei lidi conquistati da nuovi pirati multinazionali. Le canute spiagge macchiate da consumismo prosciugante. Mattoni incalzanti a confiscare i luoghi dell'umiltà. Barche di legno strappate dai nuovi frequentatori di falsi tepidaria. Li ricordavano, quei trecento uomini. Inseguivano le loro movenze, come un alito da catturare. Contemplavano le loro donne. Gambe nude da massaggiare da impalpabili contatti infedeli. Le invidie ammirate, lanciate da altri sguardi socchiusi, emanavano tanfo di pesce essiccato per quei palati turistici che osavano definire genuino. Ma di genuine c'erano soltanto le manciate di banconote verdi depositate dentro pugni veloci e rattrappiti, per una raccolta clandestina di cocci di natura da custodire. E da mostrare nelle serate da culi adagiati su cuscini, raccattati in fiere musulmane. Montavano sulle piroghe scorciate dalla tradizione, mostrando anatomie abbronzate. In cerca di esperienze sessuali da incorniciare nelle confidenze d'estetismo, lasciavano ai loro uomini fugaci rimembranze virili da depositare dentro accaldati bicchieri di bourbon. Cubi del consumismo ombravano catapecchie spazzate dai monsoni, in attesa di una nuova inondazione. Neanche il tempo di aggrapparsi ai seni delle madri bambine, che il fango montava la disperazione e nuovi figli da adottare. A debita distanza. Tragedie commentate da osservatori cosmopoliti dentro siti d'informazione virtuale. Connessioni che isolano angoli di mondo, alternando sfoghi di solidarietà e catastrofi inevitabili. Trecento uomini in fuga da alberghi che stuprarono gli arenili. Trecento uomini su una nuova crociera in terza classe, trapiantata su fredde coperte e un tetto di stelle ad ammansire la paura.

13

Solchi di attimi di pentimento. Non espresso. Sorsi intimoriti d'acqua da dividere. Più lontano il sogno che la profondità dell'animo salino. Anni navigati in cerca di pescate miracolose che non riuscivano a colmare quel distacco dalla realtà quotidiana, che spinge un essere umano ad atti inconsulti. Forse, senza logica evidente. Senza rotta, stretti tra una fuga, non più evitabile, e una migrazione dall'epilogo ignoto, trecento uomini inseguirono un orizzonte nero, lasciandosi alle spalle cuori d'oro da poter cullare. Leggende di compatrioti accoglienti dipingevano lo sfondo con l'insonnia. Altri compagni dell'ignoto li avevano preceduti in tempi recenti. Notizie tamburellate dal vento portavano stimoli di rinascite, che istigavano fenicie conoscenze marinare da unire a tradizioni arabe. E quegli uomini sognarono, durante un tragitto indefinito, di attività economiche da avviare in un'Europa assetata di esoterismo da mercati improvvisati, accanto ad altri lidi abusivi del turismo mediterraneo. Il mare, livella di destini esiliati che la storia ripropone, occultando le amnesie. Immaginavano vuoti spenti qualche metro, di là dalla prua. Verso spuma bianca ancora visibile, nonostante un senso di abdicazione alla vita, sempre più invadente. Lasciati ad attendere una sentenza di condanna, tacciata per libertà. Nascosti dentro una stiva da colmare con altra carne trita clandestina. Giorni e notti a contare minuti tra un nascere e morire di luce invisibile, da rivendicare come un destino comune. Provarono a ricordare, come un privilegio dimenticato e non rivendicato. Gli attimi iniziali di una fuga, procrastinata in un'attesa già saldata con i dollari della loro personale economia turistica. Provarono a dare un significato, pulendolo dall'ironia e dall'ipocrisia di quel nome inciso sulla poppa. Appena intravisto durante un'occupazione notturna, indicava un invito universale, degno delle migliori adunanze, richiamate alle Nazioni Unite. Quasi ricamato su quella lamiera, provarono a ripeterselo senza sosta traducendolo in un suono familiare, temendo un torpore dal quale difficile rinascere. Tozamai. Amitié. Friendship. Amistad. Amizade. Freundschaft. Pretenie. Amicizia. Ma non ebbero il tempo di custodirlo nelle viscere affamate perché un nuovo Caronte li condusse nella sua alternativa, confezionandoli in un altro buco a seppellire i pensieri. Lasciarono quella dimora, già vecchia per affezionarsi. Distaccata come un bivacco notturno da eclissare in fretta. Si aggrapparono a una nuova imbarcazione, occupata da altri evasi del destino. Forse erano indiani, forse cinesi. Il buio mistificava le origini e quel freno di entusiasmo ritrovato s'infrangeva nel loro sguardo a terra, minacciato dai sopraggiunti traghettatori. Si ritrovarono ancora più aderenti, dentro panni già occidentalizzati e nuovi compagni di viaggio, da non distrarre dal loro sogno. Non c'è dialogo tra multi etnìe in fuga da mille egitti. Neanche quando i confini nazionali si sfiorano spalla a spalla, annullando secoli e secoli di genesi da tatuare sulle anime tormentate. Ci sono solo comandi, da eseguire senza spiegazioni. Non si scambiarono neanche la rassegnazione, quei trecento uomini nella penombra asfissiante. Merce di scambio da traghettare con biglietti di sola andata. I contrabbandieri di anime ringhiavano estorsione contro quegli inermi sognatori di futuro, mentre attendevano altre tangenti da collezionare. E arrivò il tempo della partenza, quello bramato in cambio di sofferenza dovuta. Come un vuoto a rendere senza averne gustato ancora il contenuto. Un attimo d'intimità condivisa, un mestolo di legno ricolmo di vita sciolta nell'acqua. La sabbia si concedeva a una leggera onda di mare, su quegli arenili esiliati. L'avrebbero rimpianta, più di una corda ben tirata che morde le mani in inverno. Qualcuno la nascondeva dentro le tasche, come una percezione. Uno stacco che colpisce la schiena, troppo rilassata dall'abitudine a subire, sibilò quel silenzio rassegnato. La nave si mosse strappando un ultimo punto di non ritorno. Una lezione imparata a memoria che, in quel momento, trovò la sua applicazione. Maestria nel ricucire rapporti umani con aghi da pesca di Guangdong, occultata da Alibabà per ingannare la storia dei bambini con la sua favola. La Storia dalla memoria labile. La stessa che consente a pochi di ostentare serendipità con le vite degli altri, ignorandone l'origine. La stessa che quella notte cambiò il nome alla civiltà, coniando il disprezzo al clandestino. Movenze condizionate dalla paura, da un folle attaccamento alla vita. Quasi beffardo dopo quel tuffo nel viaggio senza meta. Qualcuno canticchiava un'antica nenia tamil, per restare sveglio. Si udivano in dissolvenza le voci dei traghettatori, su in coperta. Provarono a carpirne i segreti, che indicassero una via. E una meta, da ricostruirsi a mente, dentro reminiscenze scolastiche di anticipate diserzioni. Nessun tradimento della voce. Idiomi che si potessero interpretare. Diramare secoli d'incomunicabilità, soffiando su guerre civili da documentare in inglese. Un tocco d'internazionalità, che non sempre accomuna. Nessuna parola familiare penetrava dentro la stiva. Un silenzio ovattato combatteva con un piccolo pensiero al futuro, esaltando la solitudine di quei trecento disperati. Ma c'è sempre qualcosa, più scura della mezzanotte, a smentire un aforisma locale da condividere per un tempo imprecisato. L'esperienza di mare te la trascini anche dentro un'alcova improvvisata al riposo. È il curriculum dell'umiltà che suscita ammirazione. È spavento. È come credere di poter dominare un capitolo di natura, mentre gli altri ti osservano e prendono coscienza di una condizione sottomessa e impotente. L'esperienza di mare ti concede un passo anticipato. Quello che ti fa notare le distrazioni degli altri e annusare il pericolo. Trecento uomini osservarono quelle pareti metalliche che monopolizzarono il loro tempo. Alcuni distrattamente, vi cercarono i volti delle donne. Altri tastarono la consistenza della ruggine, graffiandosi i polpastrelli. L'esperienza fece il resto. Un panico controllato aleggiò dentro l'ossigeno razionato. Ben oltre quel senso d'incoscienza che accompagnò quel viaggio. Troppe speranze messe in gioco per pensare che il destino mantenesse a tutti le promesse. Una linea di galleggiamento che contrastava un rinato attaccamento alla vita. L'avevano notata durante quel recente trasbordo, senza poter condividere un cenno di preoccupazione. Ben sotto di una qualsiasi parola di rassicurazione, che non fu mai pronunciata, nonostante una moderata attesa. La conoscevano quei trecento uomini di mare, quella sensazione di pericolo, sommessa e cedevole a una missione di necessità. Ogni uscita di pesca trascinava una minaccia a un ritorno incognito, più di quell'avventura pagata imprudentemente in anticipo. Ma i loro natanti da pesca erano arche dove vivere e morire, come un incarico acquisito dalla nascita. Ogni sussulto di quel folle viaggio, legato a un cigolio inquietante come se l'oceano avesse lasciato la scena a un'altra strada impolverata. I muscoli irrigiditi da inedia e un sostegno umano che si andava indebolendo. Reciprocamente appoggiarono la stanchezza sul più prossimo compagno, come un patto di sangue che pulisse le etnie senza l'uso delle armi. Si sarebbero chiesti, se ne avessero avuto il tempo, come riuscire a contemplare un ruolo di teorici del domani a quello di padri che proteggono l'oggi dei loro figli. Con la testa penzoloni a sfiorare la spalla di un nemico del passato, avrebbero trovato un motivo valido per dare le risposte a una faida del presente. Avrebbero consegnato le vite di una generazione nuova, più nobile e dai ricordi sbiaditi con una nebbia di errori da provare a non ripetere. Li avrebbero affidati ad altre mani sconosciute, quei figli trascurati. Avrebbero mescolato razze confuse da tradizioni tramandate, che esaltarono una distinzione, fino a condurli a una guerra santa. Ma avrebbero anche protetto le progenie straniere, come un dovere ereditato, dondolandole dentro braccia indurite dall'ignoranza e da un odio irrazionale. Anche in quel momento di silenzio forzato e paura remissiva, da contrapporre al fumo indifferente di un comignolo a vegliare l'orizzonte. Ed invece, erano lì sopra metri cubi di mistero, a sfiorare con la mente volti da non dimenticare in una nuova patria. Ancora una volta, apparvero dal nulla quei sorrisi consolatori. Erano nudi a lasciare orme da far galleggiare sulla spiaggia. Restavano a guardarli, quei trecento uomini, in modo diverso ma ogni giorno con le schiene appoggiate ai dorsi delle barche, meno accoglienti di quei compagni di viaggio. In controluce, trasmettevano energia di umiltà, a sfuocare un domani purificato da ambizioni inutili. I bambini la raccoglievano dentro conchiglie modellate dall'ingenuità. Poi l'accostavano all'orecchio per udirne l'eco che emanava l'anima di un sogno da riesumare. Gli occhi spenti nei ricordi, posati su quella 30 lamiera indifferente. E minacciosa come una mannaia che spezza una vendetta. Le dita delle mani a sbocciare dentro un nuovo giorno liberarono le lacrime della nostalgia, sopraggiunta troppo presto. Un altro cigolio destò un nuovo allarme. Scattarono simultaneamente verso uno scambio di occhiate interrogative. Neanche il tempo di attenderne le risposte, che nuovi ordini si unirono all'arroganza dei traghettatori. Un dialetto duro, incomprensibile, dai toni quasi raffinati sovrastava la tutela di chi li aveva guidati fino a quel momento. Una gerarchia criminale trovò uno spazio astratto, tra l'incertezza di quelle trecento vite affidate al mare e la follia umana, sorretta dalla disperazione. L'ordine di mettersi in piedi infranse lo stallo di una sopraggiunta sonnolenza, amante e complice di una voglia di epilogo che mettesse fine all'odissea. Sfilarono davanti a quei spodestati barcaioli, come un popolo oppresso destinato a moderne fosse comuni. Interpreti di un olocausto del millennio da nascondere con un'altra guerra al fanatismo religioso, continuarono a guardare ciò che era rimasto del reciproco uomo che li precedeva. Un alibi di coscienza si unì, per un attimo, a un delirio d'impotenza. Un'altra nave li attendeva, una coincidenza programmata da un commesso viaggiatore, un dovere reverenziale verso padroni del destino da assecondare. L'abbordarono come una nuova conquista, già dimenticata la precedente. Piegati a un sacrificio che avrebbe restituito gli interessi negati da una vita. Sempre più mesti e remissivi, si aiutarono reciprocamente a non annegare un'utopia. Il peschereccio li accolse sul ponte scricchiolante e unto di sale. Si adagiarono con i muscoli delle gambe implosi nel silenzio. Poi si guardarono intorno, quasi a tentare di riconoscersi in un appello di presenza. Erano troppi. Ancora una volta, troppi. Per un solo sogno. E per la portata di quel legno marcio. Un urlo d'amplesso liberatorio, divise le due imbarcazioni. L'amore strappato lascia il segno. Quello che s'impadronisce del destino e si consegna nelle mani di un cronista, per passare alla storia. Quella che si preferisce non ricordare. E da quello squarcio, il mare si vendicò da un aborto d'invasione, replicando un titanic di sola terza classe.

14

Anche Said ricordava i turisti. Quelli di Gabès e quelli per le isole del Golfo di Napoli. Gli tornarono in mente, a poche pagine dalla quarta di copertina. Nicola scrutava l'orizzonte cercando di orientare le idee. Erano seduti su degli scogli spigolosi. Scomodi come la loro condizione di profughi autoctoni. Confusa e riconsiderata. Tra la voglia di fermare il moto ondoso di un inventario da riscrivere e un senso d'inutilità, che montava la marea. Stiamo sempre a giudicare, come se il mondo abbia un debito con noi. Fu il tentativo di Nicola di distrarre la lettura dell'amico. Said era fermo sulla stessa parola da qualche minuto, quasi a voler perfezionare il finale. Ci potremmo ancorare su questa lava modellata dal tempo. Proseguì Nicola, enfatizzando le parole con una trattenuta boccata di fumo. Zittire i dubbi della mente, levigare ambizioni da collezionare nei personaggi del futuro. Quelli che saremo. Quelli che ci costringeranno a essere. Dividere in parti uguali un giorno qualunque. Quello meno aspettato. Quello con troppa paura da chiamarlo domani e troppo rimorso, per raccontarlo al passato. Distribuirlo con gli esseri umani che incontri nelle ventiquattro ore. Affidare a ogni ora che scivola da una mano all'altra, sconosciuta e rinnegata, la parte nascosta della propria individualità. Smaterializzare secoli di evoluzione da aspirare dall'essenza di estranei a se stessi. Respingere una parte di "se", una parte ignota del proprio dubbio egoismo. Sconosciuta alla razionalità e che ci fa usare impropriamente la parola diversità. Come se potessimo toccare le cellule periferiche del nostro corpo, con il bisogno irrefrenabile di riprendersi da uno smarrimento, e non riuscire a sentirle proprie. Spiritualizzare la propria anatomia, impalpabile, quasi irriconoscibile. Sentirla sciogliersi, per sentirsi denudati da inutile coltre molecolare, che ha inciso libri scolastici consegnati alle interpretazioni per le prossime generazioni. Sparpagliati per terra, pezzi di DNA da mescolare senza alcuna logica di appartenenza razziale, da lasciare a nuovi creatori del genere umano, con il compito di provare a riordinarli. Immagina, prova a crearti per un solo istante nella tua mente silenziosa. Nicola sorrise pronunciando "silenziosa", prima di lasciarsi andare al suo monologo. Sì, immagina. Un folle creatore, intento a rimediare a un errore di due millenni, commesso da un suo predecessore. Piegato a raccattare miliardi di pezzi di natura dormiente. Spazientito da una mera pretesa di perfezionismo, scavare a mani nude, mescolando cellule, polvere e alito affranto dalla perdita di umiltà. Immagina un risultato non previsto: ammettere di essersi sbagliato. Confuso a maneggiare troppa materia non individuabile. Non definibile. Un africano a scacciare un siciliano scappato da una guerra di mafia, oltre un confine inciso con sale marino dentro una cartina geografica appesa alla parete. Un ucraino multato per una scopata adescata su un viale buio di città, dentro una stanza democratica con una puttana italiana snobbata da un politico, impegnato in un discorso di piazza sulla morale. Un rom a denunciare un ladro di anime, nascosto dentro un abito talare a dispensare elemosine sessuali da lasciare impunite, dietro un frontespizio d'immunità osservante. Un asiatico a inibire un carnefice europeo, dentro un macello di sacralità bovina. Colori schizzati da pozzanghere linfatiche, a trecentomila chilometri al secondo. Fino a un'esplosione di bianco che possa illudere, ancora una volta, a una perfezione speculata. Potremmo essere lasciati a meditare su tutto questo. Nicola provò a consegnare a un'immaginaria umanità, un'ultima possibilità di riscatto. Sì, potremmo restare impegnati a riesumare errori da correggere, in attesa della parola fine. Fine, come la conclusione di qualsiasi storia. Anche di quelle che non ci sono piaciute. Ma tu, amico mio, continua a costruire il tuo mondo dentro la tua testa, con il silenzio. Fai in modo che non esista mai, agli occhi degli altri. E che nessuno possa mai, chiedertelo indietro. Said restò un istante a incrociare il vuoto sospeso dell'amico. Poi tolse il segno dal libro, per l'ultima volta.

15

Una tela vergine, bianca, incontaminata. Galleggiava sul mare, circondata da donzelle e bocche d'oro. Quei pesci volteggiavano intorno a quell'arte incompiuta. Con rispetto boccheggiavano inalando creatività. E vita intoccabile. E inviolabile. Sfiorando i bordi di quel candore sporchi di umiltà, guidavano un'umanità di superstiti. Dividevano l'ultimo capitolo del gioco della vita, mentre trecento uomini affidavano a quei maestri del nuoto l'ultimo sforzo per afferrarsi all'eternità. Prima che un desiderio di rinascita prendesse il sopravvento. Prima di ripetersi un credo popolare di reincarnazione. Prima di abbandonare un tentativo sfinito da fare adagiare sul fondo. L'arca di una fuga senza tempo era già metafora di una verità nascosta. Solo il freddo dei piedi contrastava un movimento, con il passare del tempo, sempre più apatico. Una vita di attese consegnata al mare di un popolo in perenne emigrazione. Aggrappati a quel dipinto incompiuto, scacciavano la superstizione della fine del mondo per bocca di un pesce. Del loro mondo. Già dimenticato dentro una stiva arrugginita, masticato in un sogno occidentale svanito in un'ultima lotta alla sopravvivenza. I pesci si nutrivano di quel sogno risucchiando cellule morte dalle loro estremità sgualcite. Raccoglievano brandelli di umanità rinnegata, compiendo l'origine marina nella notte dei tempi. I corpi stremati da una rassegnata resa, si lasciavano cullare come bottiglie di plastica indelebile. Fu come aspettare l'agonia di un popolo. E l'agonia di un popolo è come la morte di un poeta. È prendere coscienza delle carezze ricevute, tra le sue rime audaci e le nostre nostalgie incalzanti, pensando alle melodie che si perderanno dopo la sua partenza. Sillabe scomposte da riordinare nei ricordi, che non sono stati mai soltanto loro. Mani che si staccano dal sonno di un nuovo giorno che mancherà l'appuntamento per un impegno di selezione crudele, fissato da un vile numero di persone. Egoiste e rapinatrici di privilegi. Un gatto nero, in bocca la vita tramortita da un gioco irriverente che prega un'imminente fine. Staccarsi dal dolore, perché non ci appartiene. Un ultimo indice che si separa dalla tela, senza lasciare impronta di testimonianza. Sparire per essere dimenticati. In attesa di antropologi che ci vengano a consegnare motivi di rassegnazione. Dibattiti e studi approfonditi che scaccino la coscienza da un incalzare fastidioso, quasi umano. Se è rimasto ancora qualcosa da dipingere nell'umano. Sparire. Per un nuovo delirio di libertà. La notte fissò Nicola, dietro un'altra alitata di fumo. Come se fosse per l'ultima volta. Lo sorvegliò consegnandogli un giudizio. Da respingere, eventualmente. Se ne avesse avuto l'ispirazione. Quella depositata sui polpastrelli da troppo tempo, ormai, lindi e inoperosi. Nicola l'aveva dimenticata dentro un carrello trascurato, in quell'angolo di supermercato che aveva custodito la sua coscienza. Non riuscì neanche a sentenziare se per troppi anni. Il tempo condiziona le scelte nella sua relatività. Adesso quell'ispirazione assopita pretendeva le risposte. Ai suoi dubbi e alle sue ambizioni. Come il bivio delle morali, che si pone davanti al cammino alterato in fuga per la vita. Riprenditi la tua, di vita.

Rahì glielo ripeteva sul Ponte delle incertezze umane. Durante quelle domeniche estorte alla noia. Riprenditi l'incertezza di una scelta. Muovi passi nuovi su un vissuto che incide, davvero da troppo tempo, un'altra monotonia. Fallo credendo di rivederti negli altri uomini che hanno turbato il momento, per avvicinarsi ad altre esperienze sconosciute. Non lo percepirai quel momento, se non ti sarà indicato. Come una traccia da trovare, prima che da seguire. Potrai guardare i colori del mondo attraverso un dono riscosso senza alcuno sforzo. Potrai vederlo defluire in immagini distorte e pretenderlo come un possesso soggiogato da scrupoli, che si fanno moralità, e confrontarlo con il rigore di un desiderio di pulizia interiore. Ma quei colori non saranno mai veramente tuoi, come il resto del mondo che pretendi di raffigurare. Nicola si guardò le mani che emanavano giudizi. Said dormiva con il suo libro rilassato sul torace. Appagato anch'egli dal sussurro dei pensieri. Avrebbero dovuto staccarsi da una fuga immotivata e dare un senso a quel vagare disordinato. E stavolta, senza alcun suggerimento saggio di Rahì. Nicola scavò la sabbia ammorbidita dalla notte e raccolse conchiglie abbandonate dal mare. Le frantumò fino alla polvere e le impastò con impeto graffiandosi i polpastrelli. Sollevò la tela arenata, ancora linda di speranze. Depose la poltiglia macchiata dalle sue ferite su quel bianco accogliente. Poi alitò a una nuova creazione, ma un'onda silenziosa si unì alle sue lacrime. E a quelle di un popolo venuto da lontano. Si ricompose una pangea, con la sofferenza di Nicola, al centro della tela. I colori mischiati a confondere nuovi impulsi, per qualcosa di più maturo da raccontare. Oltre i pensieri nascosti di Said, che un giorno avrebbe sciolto su carta. Oltre una rivoluzione sociale, che attende proseliti da consegnare ai posteri. Perché è falso credere che la vita possa passare davanti, quando si percepisce l'arrivo della fine. Come quei trecento uomini riconobbero, dipinti in un epilogo uniforme, che accettarono un destino da scuotere le coscienze. In quegli istanti la mente respinge qualsiasi ricordo, si concentra sull'istinto di un miracolo di salvezza e attende. Attende la mano che solleva il corpo inerme e privo di reazioni. E osserva un compagno che annaspa dentro riflessi

di buio, che ti precede nell'abbandono. O osserva te,
ricambiandoti lo sgomento.

16

Said si sollevò lentamente. Seguì un richiamo notturno che emanava penetrante fragranza di umanità. Nicola non ebbe il tempo di percepire le sue intenzioni, che si ritrovò a seguire una traccia istintiva, che giustificasse un viaggio di silenzio. E di fumo. L'amico si mosse facendo cadere il libro sulla sabbia. Non si preoccupò di raccoglierlo. Nicola accennò a farlo, ma la determinazione di Said non chiedeva indugi. Bisognerebbe provare a evitare i giudizi. Per ciò che non si comprende. Per ciò che non si riesce del tutto. Per ciò che non si vuole capire. Lasciare ad altri il tempo per meditare sull'azione, a cercare motivi che slegano l'istinto, che diventi alibi d'inutile contemplazione. Provare a chiedersi cosa si è fatto mai per ripagare una notte di amore nascosto. Quella che ha concesso un tempo indefinito, che rischia di perdersi nelle parole. Said rifletteva sui suoi passi, mentre procedeva verso la battigia. Sarebbero stati altri personaggi da collezionare nelle insonnie, mentre le unghia stanche si scollavano da un sogno raffigurato. Li avrebbe raccolti con mani incallite, bruciate dalle serre. Ad uno ad uno, senza scelta apparente. Said entrò in acqua a cercare un contatto. I corpi galleggiavano, cullati da un disordine naturale. Li afferrò serrando le mani temendo di perderli. Ancora. Un sorriso rassegnato scivolò dalle sue spalle, adagiandosi sulla rena. Tornò in acqua a prenderne un altro. E poi un altro. E ancora un altro. Sembravano non finire mai. Sotto lo sguardo assente di Nicola che non riusciva a muovere un muscolo. Né a dire una parola, anche lui, come contagiato da una pandemia di follia soffocata, che lo riabilitasse. Disturbato dalla luce delle sirene, Said continuò il suo lavoro, scacciando la curiosità. E gli sembrò di rivedere l'anziano profeta in cima a una duna di sabbia. Il vecchio lo guardava ritmando il suo carico con le aspirate della sigaretta. A poca distanza, Said riuscì a vedere l'ombra bluettata dalle sirene di altri mattoni disposti a cerchio. Quel nuovo pozzo di mistero, stavolta ne era certo, avrebbe contenuto tutte le sue paure e i suoi rimorsi. Forse per sempre. Con delicatezza accarezzava i volti addormentati disposti sulla sua alcova protettiva. Stava facendo un buon lavoro. Più di quello cui aveva venduto da anni la sua voglia di occidente. Sotto lo sguardo apatico di Nicola e l'incalzante arrivo delle forze dell'ordine, Said trovò un altro motivo per scrivere l'ultimo capitolo. La notte avanzava penetrando l'epidermide di un sentimento di unione, fino a quel momento sottovalutato. Said sentiva l'energia di quei corpi inermi trasbordare nel suo, come uno sforzo a crearne uno migliore da quel sonno eterno. Rahì scese la duna sfiorando il vecchio intento a modellare il pozzo. Nicola spense la sigaretta, andandogli incontro. Fu un abbraccio di un secondo, poi Rahì crollò sulle ginocchia accanto all'ultimo profugo assopito per l'eternità, scivolato pigramente dalle braccia di Said. "A qualcuno toccava farlo" – Said rispose agli occhi dell'amico. Poi si riavviò verso il mare.

Nota di edizione

Questo libro

Questa è una storia d'amicizia e di mare, d'uomini e di terra. Una storia popolata di migranti, e amici che si perdono, di libri che aprono, di vite che si spezzano.

Questo libro è stato pubblicato nel 2017 per la prima volta per quelli della Bibliotheka Edizioni di Roma, dopo essersi aggiudicato il Premio Argen Pic, indetto lo stesso anno. A distanza di otto anni, la storia di immigrazione e morti nel nostro Mediterraneo, alla luce degli ultimi eventi, tra guerre, altri viaggi della speranza e, inevitabilmente, ancora morti di civili innocenti, identifica questo libro in una drammatica attualità e, per la memoria di quegli esseri viventi seppelliti nel profondo del nostro mare, merita una ristampa.

L'autore

Piero Buscemi è nato a Torino nel 1965. Redattore del periodico online www.girodivite.it, ha pubblicato : "Passato, presente e futuro" (1998), "Ossidiana" (2001, 2013), "Apologia di pensiero" (2001), "Querelle" (2004; nel 2021 in edizione ZeroBook, nel 2022 in edizione inglese), *L'isola dei cani* (2008, ZeroBook 2016), "Cucunci" (2011), "Le ombre del mare" (2017, edito da Bibliotheka), *Enne* (ZeroBook 2020). Ha curato l'antologia di poesie *Accanto ad un bicchiere di vino* (Zero-Book 2016); e le antologie di articoli di vari autori pubblicati su Girodivite: *Parole rubate* (2017), *Celluloide* (2017). Per il volume di poesie *Iridea* di Alice Morino (ZeroBook, 2019) ha contribuito con una scelta di suggestioni fotografiche. Vincitore di diversi premi letterari, alcuni suoi racconti e poesie sono contenuti in alcune antologie nazionali. Il romanzo "Querelle" è stato tradotto in inglese e pubblicato dalla Pulpbits Press (Stati Uniti). Nel 2022 pubblica la raccolta di articoli dedicati al tennis *Di dritto e di rovescio : L'importanza del raccattapalle ed altre storie* (ZeroBook); nel 2023 il romanzo Il *giudizio dell'acqua* (ZeroBook). È tra i fondatori dell'Associazione culturale "Aromi Letterari" di Messina. Sostenitore di Greenpeace, di Amref, collabora con le attività condotte da Amnesty International, è donatore sangue Avis.

Le edizioni ZeroBook

Le edizioni ZeroBook nascono nel 2003 a fianco delle attività di www.girodivite.it. Il claim è: "un'altra editoria è possibile". Zero-Book è una piccola casa editrice attiva soprattutto (ma non solo) nel campo dell'editoriale digitale e nella libera circolazione dei saperi e delle conoscenze.

Quanti sono interessati, possono contattarci via email: zeroboo-k@girodivite.it

O visitare le pagine su: https://www.girodivite.it/-ZeroBook-.html

Ultimi volumi:

Torno a voi con una domanda : un ricordo di Manlio Sgalambro

Spazi limitali / di Alessandra Condello

Tutti gli uomini della DC a Lentini / di Ferdinando Leonzio

Lenin centenario #lenin100 / con saggi di Billi, Bravo, Cangemi, La Porta

Il giudizio dell'acqua / di Piero Buscemi

Donne nel socialismo / di Ferdinando Leonzio

Dalla parte del torto / di Adriano Todaro

Come il volo irregolare di un aquilone / di Ignazio Vanadia

Mafie e dintorni : Il fenomeno delle mafie e i loro rapporti con lo Stato e la società civile / Franco Plataroti

L'Italia a fumetti / di Ferdinando Leonzio

Qualche parola (2015-2022) / di Luigi Boggio

Sonetti / di William Shakespeare ; tradotti in siciliano da Prospero Trigona

Edifici di città: Roma 2020-2021 / Pierluigi Moretti

Perduti luoghi ritrovati : Poggioreale Antica / di Roberta Giuffrida

Delitto a Nova Milanese : venticinque righe nelle "brevi" / Adriano Todaro

Abbiamo una Costituzione : Ideologie, partiti e coscienza demo-cratica costituzionale / Gaetano Sgalambro

Emma Swan e l'eredità di Adele Filò / di Simona Urso

Otello Marilli / di Ferdinando Leonzio

Autobianchi : vita e morte di una fabbrica / di Adriano Todaro ; prefazione di Diego Novelli

Accanto ad un bicchiere di vino : antologia della poesia da Li Po a Rino Gaetano / a cura di Piero Buscemi

Il cronoWeb / a cura di Sergio Failla

L'isola dei cani / di Piero Buscemi

Saggistica:

I Sessantotto di Sicilia / Pina La Villa, Sergio Failla (ISBN 978-88-6711-067-4)

Il Sessantotto dei giovani leoni / Sergio Failla (ISBN 978-88-6711-069-8)

Antenati: per una storia delle letterature europee: volume primo: dalle origini al Trecento / di Sandro Letta (ISBN 978-88-6711-101-5)

Antenati: per una storia delle letterature europee: volume secondo: dal Quattrocento all'Ottocento / di Sandro Letta (ISBN 978-88-6711-103-9)

Antenati: per una storia delle letterature europee: volume terzo: dal Novecento al Ventunesimo secolo / di Sandro Letta (ISBN 978-88-6711-105-3)

Il cronoWeb / a cura di Sergio Failla (ISBN 978-88-6711-097-1)

Il prima e il Mentre del Web / di Victor Kusak (ISBN 978-88-6711-098-8)

Col volto reclinato sulla sinistra / di Orazio Leotta (ISBN 978-88-6711-023-0)

Il torto del recensore / di Victor Kusak (ISBN 978-6711-051-3)

Elle come leggere / di Pina La Villa (ISBN 978-88-6711-029-2

Segnali di fumo / di Pina La Villa (ISBN 978-88-6711-035-3)

Musica rebelde / di Victor Kusak (ISBN 978-88-6711-025-4)

Il design negli anni Sessanta / di Barbara Failla

Maledetti toscani / di Sandro Letta (ISBN 978-88-6711-053-7)

Socrate al caffé / di Pina La Villa (ISBN 978-88-6711-027-8)

Le tre persone di Pier Vittorio Tondelli / di Alessandra L. Ximenes (ISBN 978-88-6711-047-6)

Del mondo come presenza / di Maria Carla Cunsolo (ISBN 978-88-6711-017-9)

Stanislavskij: il sistema della verità e della menzogna / di Barbara Failla (ISBN 978-88-6711-021-6)

Quando informazione è partecipazione? / di Lorenzo Misuraca (ISBN 978-88-6711-041-4)

L'isola che naviga: per una storia del web in Sicilia / di Sergio Failla

Lo snodo della rete / di Tano Rizza (ISBN 978-88-6711-033-9)

Comunicazioni sonore / di Tano Rizza (ISBN 978-88-6711-013-1)

Radio Alice, Bologna 1977 / di Lorenzo Misuraca (ISBN 978-88-6711-043-8)

L'intelligenza collettiva di Pierre Lévy / di Tano Rizza (ISBN 978-88-6711-031-5)

I ragazzi sono in giro / a cura di Sergio Failla (ISBN 978-88-6711-011-7)

Proverbi siciliani / a cura di Fabio Pulvirenti (ISBN 978-88-6711-015-5)

Parole rubate / redazione Girodivite-ZeroBook (ISBN 978-88-6711-109-1)

Accanto ad un bicchiere di vino : antologia della poesia da Li Po a Rino Gaetano / a cura di Piero Buscemi (ISBN 978-88-6711-107-7, 978-88-6711-108-4)

Neuroni in fuga / Adriano Todaro (ISBN 978-88-6711-111-4)

Celluloide : storie personaggi recensioni e curiosità cinematografiche / a cura di Piero Buscemi (ISBN 978-88-6711-123-7)

Sotto perlaceo cielo : mito e memoria nell'opera di Francesco Pennisi / di Luca Boggio (ISBN 978-88-6711-129-9)

Per una bibliografia sul Settantasette / Marta F. Di Stefano (ISBN 978-88-6711-131-2)

Iolanda Crimi : un libro, una storia, la Storia / di Pina La Villa (ISBN 978-88-6711-135-0)

Autobianchi : vita e morte di una fabbrica / di Adriano Todaro

prefazione di Diego Novelli (ISBN 978-88-6711-141-1)

Dizionario politico-sociale di Nova Milanese : Passato e presente / Adriano Todaro (ISBN 978-88-6711-151-0)

Abbiamo una Costituzione : Ideologie, partiti e coscienza democratica costituzionale / Gaetano Sgalambro (ebook ISBN 978-88-6711-163-3, book ISBN 978-88-6711-164-0)

La peste di Palermo del 1575 / di Giovanni Filippo Ingrassia (ebook ISBN 978-88-6711-173-2)

Permesso di soggiorno obbligato / redazione Girodivite (ebook ISBN 978-88-6711-181-7, book ISBN 978-88-6711-182-4)

Qualche parola (2015-2022) / di Luigi Boggio (ebook ISBN 978-88-6711-215-9, book ISBN 978-88-6711-216-6)

Di dritto e di rovescio : L'importanza del raccattapalle ed altre storie / di Piero Buscemi (ebook ISBN 978-88-6711-217-3, book ISBN 978-88-6711-218-0)

Mafie e dintorni : Il fenomeno delle mafie e i loro rapporti con lo Stato e la società civile / Franco Plataroti (ebook ISBN 978-88-6711-223-4, book ISBN 978-88-6711-224-1)

Torno a voi con una domanda : un ricordo di Manlio Sgalambro (ebook 978-88-6711-242-5, book 978-88-6711-241-8)

Narrativa:

L'isola dei cani / di Piero Buscemi (ISBN 978-88-6711-037-7)

L'anno delle tredici lune / di Sandro Letta (ISBN 978-88-6711-019-3)

Emma Swan e l'eredità di Adele Filò / di Simona Urso (ISBN 978-88-6711-153-4)

Delitto a Nova Milanese : venticinque righe nelle "brevi" / Adriano Todaro (ebook ISBN 978-88-6711-171-8, book ISBN 978-88-6711-172-5)

Enne / Piero Buscemi (ebook ISBN 978-88-6711-179-4, book ISBN 978-88-6711-180-0)

Orientale Sicula : Proebbido entrari ed altri racconti / di Alfio Moncada (ebook ISBN 978-88-6711-193-0, book ISBN 978-88-6711-194-7).

Uno sporco anello / di Adriano Todaro (ebook ISBN 978-88-6711-205-0, book ISBN 978-88-6711-206-7)

Come il volo irregolare di un aquilone / di Ignazio Vanadia (ebook ISBN 978-88-6711-225-8, book ISBN 978-88-6711-226-5)

Dalla parte del torto / di Adriano Todaro (ebook ISBN 978-88-6711-227-2, book ISBN 978-88-6711-228-9)

Querelle / di Piero Buscemi (ebook ISBN 978-88-6711-201-2, book ISBN 978-88-6711-202-9)

Il giudizio dell'acqua / di Piero Buscemi (ebook ISBN 978-88-6711-231-9, book ISBN 978-88-6711-232-6)

Poesia:

Il bambino è il mondo / di Emanuele Gentile (ISBN 978-88-6711-197-8)

Raccolta di pensieri / di Adele Fossati (ISBN 978-88-6711-190-9)

Iridea / poesie di Alice Molino, foto di Piero Buscemi (ISBN 978-88-6711-159-6)

Il libro dei piccoli rifiuti molesti / di Victor Kusak (ISBN 978-88-6711-063-6)

L'isola ed altre catastrofi (2000-2010) di Sandro Letta (ISBN 978-88-6711-059-9)

La mancanza dei frigoriferi (1996-1997) / di Sergio Failla (ISBN 978-88-6711-057-5)

Stanze d'uomini e sole (1986-1996) / di Sergio Failla (ISBN 978-88-6711-039-1)

Fragma (1978-1983) / di Sergio Failla (ISBN 978-88-6711-093-3)

Raccolta differenziata n°5 : poesie 2016-2018 / di Victor Kusak (ISBN 978-88-6711-149-7)

Sonetti / di William Shakespeare ; tradotti in siciliano da Prospero Trigona (ISBN 978-88-6711-203)

Parole in versi / Adele Fossati (ISBN 978-88-6711-212)

Libri fotografici:

I ragni di Praha / di Sergio Failla (ISBN 978-88-6711-049-0)

Transiti / di Victor Kusak (ISBN 978-88-6711-055-1)

Ventimetri / di Victor Kusak (ISBN 978-88-6711-095-7)

Visioni d'Europa / di Benjamin Mino, 3 volumi (ISBN 978-88-6711-143_8)

Cortale, borgo di Calabria / Pasquale Riga (ISBN 978-88-6711-175-6)

Perduti luoghi ritrovati : Poggioreale Antica / di Roberta Giuffrida (ISBN 978-88-6711-191-6)

Edifici di città : Roma 2020-2021 / Pierluigi Moretti (ISBN 978-88-6711-199-2)

Incontri di pietra: Pesaro / di Marco Monari (ISBN 978-88-6711-237-1)

Spazi liminali / di Alessandra Condello (ISBN 978-88-6711-239-5)

Opere di Ferdinando Leonzio:

Una storia socialista : Lentini 1956-2000 / di Ferdinando Leonzio (ISBN 978-88-6711-125-1)

Lentini 1892-1956 : Vicende politiche / di Ferdinando Leonzio (ISBN 978-88-6711-138-1)

Segretari e leader del socialismo italiano / di Ferdinando Leonzio (ISBN 978-88-6711-113-8)

Breve storia della socialdemocrazia slovacca / di Ferdinando Leonzio (ISBN 978-88-6711-115-2)

Donne del socialismo / di Ferdinando Leonzio (ISBN 978-88-6711-117-6)

La diaspora del socialismo italiano / di Ferdinando Leonzio (ISBN 978-88-6711-119-0)

Cento gocce di vita / di Ferdinando Leonzio (ISBN 978-88-6711-121-3)

La diaspora del comunismo italiano / di Ferdinando Leonzio (ISBN 978-88-6711-127-5)

Sei parole sui fumetti / di Ferdinando Leonzio (ISBN 978-88-6711-139-8)

Otello Marilli / di Ferdinando Leonzio (ISBN 978-88-6711-155-8)

La diaspora democristiana / di Ferdinando Leonzio (ISBN 978-88-6711-157-2)

Lentini nell'Italia repubblicana / di Ferdinando Leonzio (ebook ISBN 978-88-6711-161-9, book ISBN 978-88-6711-162-6)

Delfo Castro, il socialdemocratico / Ferdinando Leonzio (ebook ISBN 978-88-6711-169-5, book ISBN 978-88-6711-170-1)

La socialdemocrazia italiana fra scissioni e confluenze (1947-1998) / Ferdinando Leonzio (ebook ISBN 978-88-6711-177-0, book ISBN 978-88-6711-178-7)

Momenti di socialismo / di Ferdinando Leonzio (ebook ISBN 978-88-6711-207-4, book ISBN 978-88-6711-208-1)

L'Italia a fumetti / di Ferdinando Leonzio (ebook ISBN 978-88-6711-221-0, book ISBN 978-88-6711-222-7)

Giovanna : anarchico è il pensiero... / Ferdinando Leonzio (ebook ISBN 978-88-6711-229-6, book ISBN 978-88-6711-230-2)

Donne nel socialismo / di Ferdinando Leonzio (ebook ISBN 978-88-6711-233-3, book ISBN 978-88-6711-234-0)

Tutti gli uomini della DC a Lentini / di Ferdinando Leonzio (ebook ISBN 978-88-6711-243-2, book ISBN 978-88-6711-244-9)

Opere di Piero Buscemi:

Accanto ad un bicchiere di vino : antologia della poesia da Li Po a Rino Gaetano / a cura di Piero Buscemi (ISBN 978-88-6711-107-7, 978-88-6711-108-4)

Celluloide : storie personaggi recensioni e curiosità cinematografiche / a cura di Piero Buscemi (ISBN 978-88-6711-123-7)

L'isola dei cani / di Piero Buscemi (ISBN 978-88-6711-037-7)

Iridea / poesie di Alice Molino, foto di Piero Buscemi (ISBN 978-88-6711-159-6)

Enne / Piero Buscemi (ebook ISBN 978-88-6711-179-4, book ISBN 978-88-6711-180-0)

Querelle / di Piero Buscemi (ebook ISBN 978-88-6711-201-2, book ISBN 978-88-6711-202-9)

Di dritto e di rovescio : L'importanza del raccattapalle ed altre storie / di Piero Buscemi (ebook ISBN 978-88-6711-217-3, book ISBN 978-88-6711-218-0)

Il giudizio dell'acqua / di Piero Buscemi (ebook ISBN 978-88-6711-231-9, book ISBN 978-88-6711-232-6)

Parole rubate:

Scritti per Gianni Giuffrida: La nuova gestione unitaria dell'attività ispettiva: L'Ispettorato Nazionale del Lavoro / di Cristina Giuffrida (ISBN 978-88-6711-133-6)

WikiBooks:

La Carta del Carnaro 1920-2020 (ISBN 978-88-6711-183-1)

Webology : le "cose" del Web / a cura di Sergio Failla (ISBN 978-88-6711-185-5)

English books or bilingual:

Perduti luoghi ritrovati : Poggioreale Antica / di Roberta Giuffrida. - english/italiano. - (ISBN 978-88-6711-196-6)

Visioni d'Europa - Europe's visions / di Benjamin Mino, 3 volumi. - english/italiano. - (ISBN 978-88-6711-143_8)

Sonetti / di William Shakespeare ; tradotti in siciliano da Prospero Trigona. - english/sicilianu. - (ISBN 978-88-6711-203)

Querelle / Piero Buscemi ; preface by Vincenzo Tripodo. - english edition. - (ISBN 978-88-6711-209-8, press ISBN 978-88-6711-210-4)

Cataloghi:

ZeroBook: catalogo dei libri e delle idee 2012-...

Catalogo ZeroBook 2007

Catalogo ZeroBook 2006

Riviste e periodici:

Post/teca, antologia del meglio e del peggio del web italiano

ISSN 2282-2437

https://www.girodivite.it/-Post-teca-.html

Girodivite, segnali dalle città invisibili

ISSN 1970-7061

https://www.girodivite.it

il Notar Jacopo : rivista della Bibliotheca

https://https://www.girodivite.it/La-Biblioteca-di-OpenHouse.-html

ZeroBook catalogo delle idee e dei libri

bimestrale

https://www.girodivite.it/-ZeroBook-free-catalogo-puoi-.html

www.ingramcontent.com/pod-product-compliance
Lightning Source LLC
Chambersburg PA
CBHW030526260626
47157CB00005B/1889